ON NE PEUT P

Paru dans Le Livre de Poche :

FRANÇOISE GIROUD

On ne peut pas être heureux tout le temps

RÉCIT

FAYARD

« Quelle est la marque de la liberté réalisée ? Ne plus rougir de soi. »

Nietzsche, *Le Gai Savoir*.

1.

ON N'EST JAMAIS LE CENTRE DU MONDE.

Comment cela peut-il m'être arrivé à moi ? A moi !

On a un corps fier, dru, on est invulnérable à la fatigue, on irradie une énergie communicative, on reçoit des coups mais on se redresse, on prend des risques, on bouillonne de désirs, de révoltes, d'élan vital. Les années défilent par dizaines sans qu'on les voie passer...

Un jour, on se découvre petite chose molle, fragile et fripée, l'oreille dure, le pas incertain, le souffle court, la mémoire à trous, dialoguant avec son chat un dimanche de solitude.

Cela s'appelle vieillir, et ce m'est pur scandale.

Non parce que la vieillesse annonce la mort, je me fiche de la mort — de la mienne, veux-je dire. Je ne l'appelle ni ne la crains. Il y a longtemps que je l'ai apprivoisée comme une présence familière qui rôde et m'apportera un jour le repos.

La première fois qu'elle m'a montré son nez, j'avais un peu plus de trente ans, une hémorragie interne — décelée trop tard, par ma faute : je prétendais traiter la douleur par le mépris — m'a foudroyée. Transport d'urgence dans une clinique. C'est un dimanche. Médecin et chirurgien penchés sur moi délibèrent : « Elle peut très bien se réveiller morte... » dit le chirurgien, placide. Le médecin opine... Me réveiller morte ? Inch Allah ! Je suis au cœur d'une intense période de bonheur, c'est toujours ainsi qu'il faudrait mourir... Ils s'éloignent, et moi je m'endors sans peur ni trouble, jusqu'à ce qu'enfin on m'emmène en salle d'opération.

Je ne me suis pas réveillée morte, mais amputée de tout ce qui pouvait encore me permettre d'avoir un enfant. « Vous êtes contente, hein ? me dit le chirurgien. Vous avez deux enfants, vous serez tranquille, maintenant. » L'affreux bonhomme !

Donc, ce jour-là, je me suis doublement vue mourir.

J'avais déjà eu des occasions de vérifier, pendant la guerre, que la peur de la mort m'est étrangère. C'est la vieillesse que je déteste, la mienne et celle des autres, la dégradation physique, le sentiment d'être devenue superflue, le regard que certains vous jettent comme à ces objets mis de côté à l'intention d'un brocanteur — ça ne vaut plus grand-chose, mais on ne peut tout de même pas les jeter.

Tout cela est dans l'ordre inexorable des choses.

Ce n'est pas une raison pour s'y résigner sans combattre. La vie m'a appris que la résignation est, en règle générale, l'attitude la plus stérile que l'on puisse adopter. Donc, je combats !

J'ai cessé de fumer il y a quelques mois. Une agonie. Mon médecin (qui fume) m'a dit : « Vous êtes folle ! Une femme de votre âge qui cesse brusquement de fumer sans raison objective, c'est de la folie ! » J'ai dit : « Peut-être... Mais ma raison est bonne : je veux me prouver que j'ai encore la force nécessaire pour m'imposer cette discipline. »

La gymnastique ? Je ne peux plus. Une sciatique récurrente me l'interdit. J'ai dû renoncer même au sport le plus innocent : la marche à pied.

La vieillesse m'a aussi volé la mer, le pur bonheur de la mer. La silencieuse volupté de la plongée sous-marine... Ce n'est pas une infamie, ça ?

Je ne peux même plus nager sans risque excessif. J'avais fait autrefois le projet de me baigner dans toutes les mers du monde. L'homme qui m'aimait m'avait dit, en regardant un planisphère avec moi : « Combien y en a-t-il encore ? Nous irons partout. » Mais un cancer l'a emporté, c'était après la mer Rouge.

Je connais tous les pays du monde, ou presque. Mais les pays sont comme les personnes : ils changent. Il faut y retourner de temps en temps pour en retrouver à la fois l'éternité et ce que le béton, ou la pollution, ou de nouvelles mœurs, ou on ne sait quelle folie des hommes en ont fait.

Je voudrais ardemment retourner à Shanghai, la turbulente, qui va devenir la reine du monde, voir si mon bon petit hôtel anglais y existe encore. Je voudrais bien revoir aussi l'Afrique du Sud sans l'apartheid ; je ne l'ai connue qu'à la pire époque, j'ai donc tout faux.

J'ai connu la Russie sous Khrouchtchev : un pays bien rangé, rien ne dépassait ; j'ai visité tout ce que l'on peut visiter à Moscou et aux environs, y compris le métro, et savais qu'il y avait des tragédies, des grandes peurs, des prisons pleines. Mystères impénétrables... Khrouchtchev avait plutôt une bonne tête, il était jovial, il m'avait reçue bien poliment au Kremlin. J'étais en compagnie du chef d'orchestre Igor Markevitch et nous avions dîné, je m'en souviens, chez Rostropovitch, le violoncelliste, qui vivait dans un luxe inouï. Je veux dire qu'avec sa femme et sa belle-mère il disposait de trois petites pièces et d'une cuisine particulière : c'était Capoue ! Et il y avait aussi une servante...

Rostro n'évoqua pas un instant la perspective

d'émigrer, rien n'était plus éloigné de lui. On a surtout parlé musique. Il m'a tout de même dit : « Si vous recevez quelqu'un à l'hôtel, faites attention, il y a des micros dans les chambres. » Ça ne m'a pas plu. Le lendemain matin, je devais recevoir quelqu'un, justement, une jeune femme russe à laquelle j'apportais un cadeau de son fiancé parisien. J'ai cherché le micro, partout. Introuvable. Et puis, soudain, je l'ai senti sous mon pied, caché par un petit tapis. J'ai tiré le tapis, j'ai dévissé une sorte de boule de métal qui me narguait, j'ai tiré dessus de toutes mes forces. Il y a eu un bruit épouvantable... Ce que j'avais pris pour un micro était la vis qui retenait le lustre de la chambre au-dessous.

Je passe sur les conséquences de cette folie : j'ai cru finir mes jours à la Loubianka !

Je suis retournée à Moscou beaucoup plus tard, sous Gorbatchev, quand tout commençait à se défaire, à se disloquer. Tout à coup, les gens se mettaient à parler un peu. La peur semblait s'être déchirée par plaques.

Revoir la Russie aujourd'hui, j'en avais le projet l'année dernière pour faire un livre. Et puis, décidément, je ne peux plus.

Je n'irai plus ni là, ni ailleurs. Je ne reverrai pas la lumière de Jérusalem, ni celle, indicible, de Tolède, ni le disque du soleil tomber d'un coup dans la mer au Mexique, je ne déambulerai plus sur la Grande Muraille de Chine, ni dans la Forêt-Noire, ni sur les dalles délicates du temple de Kyōto ; je ne recevrai plus le choc de Calcutta la pouilleuse, ni celui d'Elephanta, triple visage sublime dressé dans l'île de Bombay ; je ne verrai plus l'aurore baigner de son éclat le temple d'Abou-Simbel et Angkor va m'échapper à jamais derrière ses fromagers...

Dans tous ces lieux, et bien d'autres encore, j'ai rêvé.

A Istanbul, j'ai vu la ville au pas de course derrière François Mitterrand qui m'avait emmenée lors d'un voyage officiel. C'était pure gentillesse. Il s'était rappelé que la Turquie est le berceau de ma famille et que je n'y avais jamais mis les pieds. Mais tous nos déplacements étaient minutés par le protocole : dix minutes pour la mosquée Bleue, dix minutes pour les Citernes, dix minutes pour le palais Topkapi : le tourisme dans son horreur.

Levés à l'aube au départ d'Ankara, on nous accorda tout de même de faire une sieste. Mais F. M. tenait à ce que je retrouve les tombes de ma famille, c'était un fou de cimetières, comme on sait ; il me harcelait. J'aurais aimé lui faire plaisir, mais toute ma famille, jusques et y compris une arrière-grand-mère, est enterrée en France ; je ne pouvais tout de même pas inventer une sépulture ! Il était fâché, je l'avais déçu.

Un dîner gigantesque et interminable nous tint fort avant dans la nuit. Comment résistait-il à un pareil traitement ? Ils sont comme ça : les chefs d'Etat sont faits d'une substance spéciale.

En montant dans l'avion qui nous attendait, je me promis de revenir pour voir vraiment Istanbul...

J'aimais conduire de bonnes voitures et je conduisais bien. Après des années et des milliers de kilomètres sans accident, c'est dans Paris qu'un soir, à un carrefour, j'ai fait un tonneau en heurtant un autobus.

Voiture irrécupérable. J'en suis sortie, miraculeusement, avec quelques côtes cassées. Arthur, mon ange gardien, était dans le quartier ! Mais, sur ma trajectoire, j'avais heurté le véhicule d'une jeune femme enceinte. J'ai su plus tard qu'elle avait perdu son bébé. C'est moi qui avais fait cela ? J'étais horrifiée...

En analysant les causes de cette collision, on a découvert que je n'y voyais plus la nuit et que mes réflexes étaient altérés par la prise d'un médicament puissant dont, à l'époque, je ne pouvais me priver. J'étais devenue un danger public au volant d'une voiture. J'ai décidé de m'abstenir, si gênant que cela soit.

Quelquefois, je me remémore et égrène les marques de toutes les voitures puissantes que j'ai eues dans ma vie, comme on dresse la liste de ses amours passées. Que j'ai donc aimé cela, autrefois, quand il y avait encore peu d'autoroutes, que l'on filait, sur la nationale 7, vers le Midi et qu'un changement subtil dans la lumière vous annonçait Valence !

Je ne vais plus guère dans le Midi. Front national, *plus* mafieux russes, *plus* avions qui décollent avec une heure de retard, *plus* touristes en grappes serrées : il est bien abîmé, le Midi ! J'y possédais une jolie petite maison, je l'ai vendue. Plus la force d'aller jusqu'au marché.

En fait, il me reste peu de terrains sur lesquels combattre la vieillesse.

Récemment, un chirurgien chinois m'a opérée de la cataracte. C'est épatant. Anesthésie locale, on sort de l'hôpital sur ses pattes moins de deux heures après y être entré. Aucune souffrance, un pansement retiré le lendemain : j'étais éberluée.

Me voici donc avec deux yeux tout neufs... avec lesquels j'ai vu — ce qui s'appelle vu — mes rides, noyées jusque-là dans un flou artistique.

Autrefois, j'adorais les robes. Les boutiques étant devenues ce qu'elles sont, destinées aux filles de vingt-cinq ans et à celles qui font semblant, j'ai peine à trouver ce que je cherche.

Les hommes, privilégiés par leurs costumes croisés, escamotent bourrelets, estomac, ventre, tout ce qui les afflige en prenant de l'âge. Les femmes peuvent dissimuler sous des vêtements appropriés les bras, la naissance des seins, le cou quand il est flétri ; mais, même lorsqu'une belle paire de jambes résiste, intacte, les petites tricheries n'ont jamais leurré personne. Une vieille peau est une vieille peau — serait-elle, terme horrible, bien *conservée* ! Qui pourrait avoir envie d'y toucher ? Plus ou moins vite, vous glissez dans la catégorie des « intouchables » qu'aucune étreinte ne viendra plus jamais réchauffer. Contrairement à une idée reçue, cela peut se situer très tard, mais enfin, il faut y passer.

Le grave, d'ailleurs, n'est pas de ne plus allumer le désir, c'est de ne plus en éprouver soi-même. Tant qu'il y a désir, il y a jeunesse, étincelles de jeunesse.

Tout ceci pour dire que si les humains avaient un grain de raison, ils cesseraient de chercher à prolonger toujours plus l'espérance de vie, qui augmente d'un trimestre par an et atteint chez nous, ces temps-ci, quatre-vingt-deux ans pour les femmes et soixante-seize ans pour les hommes. Qui peut se réjouir de ce « progrès »-là, comme si la multiplication des vieillards dans une société était comparable à la multiplication des arbres ? Comme si, en repoussant la fin, on allait arriver à supprimer la fin elle-même ? Cela relève de la pensée magique, non du respect de la vie.

Collectivement, il est vrai, ce progrès traduit une victoire de l'humanité sur la malnutrition, les grandes pénuries, les maladies infectieuses. Individuellement, le très grand âge m'apparaît néanmoins comme une défaite.

Je me rappelle quand on exhibait régulièrement

comme une bête de foire la plus que centenaire Jeanne Calmant, toute ratatinée, à l'oreille de laquelle il fallait hurler pour être entendu et qui hurlait en retour dans le micro des journalistes : à chaque fois, cela me serrait le cœur.

Si j'avais peur de mourir, la perspective d'une société majoritairement composée de vieillards inactifs, accablant par force les plus jeunes de leur charge, suffirait à me réjouir de ne pas voir ça.

Quand j'avais vingt ans, je pensais que je n'atteindrais jamais cinquante ans, jamais. Cinquante ans, c'était comme la lune, une autre planète ; je serais morte, à cet âge-là ! Il semble d'ailleurs que personne ne soit capable d'intégrer la dimension de l'âge quand il s'agit d'appréhender son avenir. L'idée que l'âge viendra, d'abord sur des pattes de colombe, puis par à-coups, après une maladie, un chagrin, un accident, jusqu'à ce que chacun ait bouclé sa trajectoire, n'est simplement pas recevable. Cette heureuse impuissance de l'imagination est probablement programmée dans nos cellules, pour notre sauvegarde.

Pour ma part, c'est à soixante-dix ans que j'ai pris pour la première fois conscience de mon âge. Jusque-là, c'est une question qui ne m'avait pas effleurée. J'avais même oublié le moment de faire valoir mes droits à la retraite ! En principe, il faut justifier de trente-sept ans d'activité. J'en comptais déjà cinquante ! Je travaillais beaucoup, j'étais aimée, entourée — je n'avais pas d'âge.

Une épreuve m'a cassée : la mort de A., dont j'ai dit ailleurs les circonstances. Puis une dépression.

J'ai lu dans un rapport de l'OMS que la dépression était le mal du siècle. Que cette honorable organisation me pardonne : c'est idiot ! La dépression est de tous les temps, surtout si l'on fourre sous ce mot toutes les difficultés que les gens éprouvent à vivre. « Ils vont mal même quand tout va bien », disait Freud, parlant de ceux qu'on appelait alors les « mélancoliques ». Les Romains, eux, avaient déjà observé que, parmi les eaux thermales, l'une avait un effet bénéfique sur leur mal-être. On sait aujourd'hui que cette eau contenait du lithium, ce métal dont les sels font partie du traitement contre la dépression.

Une dépression, ce n'est pas une simple baisse du régime, ni une névrose, ni une angoisse avec quelques larmes aux yeux. C'est une maladie. On commence par perdre le sommeil, et puis on ne veut plus rien. Ni quitter son lit, ni se laver les dents, ni se nourrir, ni faire le minimum de ce qu'exige le quotidien de la vie — rien. Et on rumine.

J'ai gardé un souvenir précis de la façon dont j'ai vécu les débuts d'une dépression carabinée. Je ne dormais plus, je me traînais misérablement, et j'avais du mal à écrire. Tellement de mal qu'au beau milieu de mon article hebdomadaire pour l'*Obs*, assise devant mon ordinateur, j'ai dû admettre que j'étais incapable de poursuivre. Il s'agissait — comment l'oublier ? — de cinq feuillets sur Marguerite Duras...

Ne plus pouvoir écrire a toujours fait partie de mes angoisses. Pourquoi sait-on écrire ? Ce n'est pas naturel. Et pourquoi cela ne cesserait-il pas tout à coup ? Eh bien voilà : j'y étais. Paniquée !

Le psychiatre que j'ai vu le soir même me dit : « Je ne peux rien faire dans l'immédiat... Mais quel jour devez-vous remettre votre article la semaine prochaine ? mardi ?... Je vous promets que vous y arriverez. »

Il me donna une ordonnance, de quoi dormir, de quoi survivre... Plus d'un an s'écoula avant que je ne sorte vraiment du marasme où j'avais plongé.

Entre-temps, résultat d'un traitement chimique allégé, deux petites rechutes s'étaient produites. Le traitement fut alors modifié et le psychiatre me recommanda de m'y tenir rigoureusement. Ce que je fis.

Quiconque a traversé une vraie dépression a toujours peur de la voir se repointer. Mais, après quelques années, c'est une intoxication par l'un de ces damnés médicaments qui pointa... Chacun de mes pieds pesait une tonne, mes mains tremblaient, je ne pouvais plus tenir un stylo, une aiguille. Personne ne comprenait pourquoi. Je me disais : « C'est l'âge. » Un praticien plus futé que les autres, une femme neurologue, me sortit en un mois de ce cauchemar en suspendant toute médication.

Je retrouvai mains, jambes, écriture. J'étais miraculée.

J'ai même été capable, ce matin, à quatre-vingt-trois ans, de courir pour attraper un autobus ! Ce n'est pas beau, ça ? Cette résurrection m'a mise de joyeuse humeur.

Je suis d'ailleurs de joyeuse humeur, aujourd'hui, parce que j'ai écrit un article provocateur où j'ai été jusqu'au bout de ma liberté. Ça, c'est le beau de l'âge, l'exercice de la liberté ! Liberté des gestes, d'abord : plus d'horaires imposés (une volupté pour les lève-tard dont je suis) ; la liberté du verbe, surtout, et celle de la plume ; la liberté de l'esprit qu'il faut seulement entretenir en ayant d'autres sources d'information que la télévision... Oui, plus personne à ménager, plus de diplomatie, plus de soucis de carrière ni de bienséance... On dit tout ce qu'on a au bout de la langue, même à ses enfants !

Une prison s'ouvre : le regard des autres. On n'en fait plus une montagne !

En ce qui me concerne, la représentation que j'ai de moi-même ne m'a jamais, par chance, encombrée. Je ne vis pas, comme D., persuadée que les autres ont en permanence les yeux braqués sur moi pour dire : « Comme elle a vieilli ! » ou « Ce qu'elle tient bien le coup ! » Primo : ce que l'on pense de moi sur ce plan-là m'est indifférent. D'une façon générale, c'est ce que JE pense de moi qui, parfois, m'affecte. « ON », je n'ai rien à en faire. Secundo : on n'est jamais l'objet de l'attention générale, bienveillante ou malveillante, sauf sur une scène. La plupart des hommes et des femmes sont bien trop occupés d'eux-mêmes pour s'attarder sur les autres. Ils peuvent s'y intéresser le temps d'un ragot piquant ou apitoyé, d'une remarque en l'air — rien qui vaille. On n'est pas, on n'est jamais le centre du monde, sinon pour soi-même.

Non, s'il convient de soigner son apparence en vieillissant, ce n'est point par une coquetterie qui serait dérisoire, mais par politesse. Pour éviter aux autres, dans toute la mesure du possible, le spectacle de la déchéance, qui attriste toujours parce qu'il suggère celle qu'un jour on connaîtra.

Mais assez ! Assez moulu de ce grain ! Ce n'est pas du tout ce que j'avais l'intention d'aborder en commençant ce récit...

2.

CE QUE DES PHOTOS M'ONT DIT.

Alors que je pense rarement au passé, il a fait une intrusion brutale dans ma vie, un soir que je tentais d'expurger des semainiers qui succombent, comme moi, sous l'abondance de papiers accumulés depuis des années. Un tiroir avait cédé. Il fallait aviser, le dégager. Il me glissa des doigts. Un flot de photos en tout genre, de tous formats, de toutes époques, s'éparpilla sur la moquette. Il y en avait peut-être cinq cents...

Que faire ?

Les engouffrer en vrac dans de grandes enveloppes sans chercher à les classer était la seule solution raisonnable. Mais je n'avais pas de telles enveloppes sous la main. Puis une photo me tira l'œil : je suis nue, couchée sur une couverture de fourrure, et je regarde l'objectif d'un œil moqueur. J'ai six mois.

C'était la mode, autrefois, de photographier ainsi les bébés. Le drôle est que Mendès France avait de lui-même une photo analogue. Comment était-elle tombée entre les mains de J.-J.S.-S., je ne sais, toujours est-il qu'il nous avait fait encadrer ensemble... dans cet appareil !

Je fouille un peu dans ce désordre, découragée.

Il est exclu de lui trouver un remède ce soir, on verra demain. Je saisis ce que je peux emporter en vrac, et basta !

C'est le lendemain que ces photos ont commencé à me parler, de façon désordonnée, non chronologique, bien sûr — il y avait de tout. J'avais pris le parti d'en jeter le plus grand nombre. Sans les déchirer : je n'aime pas déchirer quelqu'un, même en effigie. Non, les jeter, tout bonnement. Mais certaines étaient rarissimes, d'autres amusantes ; d'autres, banales, avaient une certaine puissance d'évocation ; et puis il y avait les enfants, la famille... Bref, en triant sauvagement, j'en ai retenu une centaine, souvent non datées, qui ont quelque chose à me dire. Quand je les regarde, je me souviens, et la chaîne du souvenir est ainsi faite qu'elle vous emmène n'importe où : on part des berges de la Marne et on se retrouve racontant une nuit à Shanghai ou la vie brève d'un magnolia sur la Cinquième Avenue.

Je mélange mes photos, en prends une au hasard.

3.

AUX ÉTATS-UNIS AVEC LE PÈRE DE LA SOURIS. —
JE SOUTIENS QUE L'INFORMATIQUE NE LIBÉRERA PAS
LES HOMMES D'EUX-MÊMES.

C'est un Polaroïd fané, pris à Pittsburgh, en Penn-
sylvanie, probablement en 1983, dans un bar. On
distingue nettement mon visage et celui de Gaston
Defferre.

Pittsburgh, cœur de l'industrie informatique, est
l'une de ces villes américaines où l'on ne voudrait
pas se retrouver seul un soir de cafard. Qu'y fai-
sions-nous ensemble, alors que Defferre était à
l'époque ministre de l'Intérieur ? Trois mots sont
griffonnés derrière la photo... Ça y est, j'y suis !

Nous arrivons de New York, appelés par J.-J.S.-S.
à Pittsburgh pour quelques heures : le temps de
rencontrer un certain Steve Jobs. C'est un grand
garçon qui a l'air d'avoir vingt-cinq ans. Avec son
jean troué et son T-shirt d'une couleur improbable,
il n'a pas le style dandy. Je sais qu'on l'appelle « le
petit génie » et qu'il a inventé avec un copain l'ordinateur Apple, de taille relativement réduite pour
son temps. Formidable réussite ! Nous sommes
encore au début de l'ère des ordinateurs de bureau.
Steve s'est brouillé avec son copain, Apple a plongé,
puis ils se sont réconciliés et ils ont produit, tou-

jours sous la marque Apple, les MacIntosh qui ont aujourd'hui ces si jolies carrosseries de couleur.

Salamalecs abrégés, comme toujours avec J.-J., Steve nous emmena dans un bureau et J.-J. dit : « Il va vous montrer ce qu'il a inventé. » Sur la table du bureau se trouvait un ordinateur, un Apple naturellement, et, à côté, un petit objet oblong muni d'un fil qu'il brancha sur l'ordinateur. C'était ce qu'on appelle aujourd'hui une souris, la première souris née de son imagination, de son talent, de son génie simplificateur. Car il avait très vite compris que ce qui rebutait le consommateur moyen dans l'informatique, c'était la complexité.

Il fit une démonstration. Pour qui avait vu fonctionner les ordinateurs de l'époque, les manipulations qu'ils supposaient, c'était fascinant. J'avais alors péniblement appris les deux langages qu'ils parlaient, le Fortran et le Cobol, mais c'était toute une affaire de s'entendre avec eux ! Là, la main sur la souris courait comme avec un stylo. Écrire devenait un jeu, un simple jeu.

Nous étions subjugués. Steve en avait les larmes aux yeux. Sa souris, sa chère souris... allait-elle conquérir la France ?

« Maintenant que vous avez vu cela de vos yeux, je suis sûr que vous serez d'accord avec moi, dit Jean-Jacques. Il faut que dans toutes les classes de France, il y ait des ordinateurs avec leur souris. Il y va de l'avenir d'une génération !

— Vous avez raison, dit Defferre, vous avez raison... »

Et il essaya de manipuler la souris. Irrésistible.

C'était alors un homme puissant, redoutable et redouté. Je l'ai beaucoup aimé d'amitié, ce Méridional ombrageux, protestant, seigneur en son fief, les

Bouches-du-Rhône, ministre plusieurs fois, orgueilleux et en même temps peu sûr de lui. Maître de la plus grosse fédération socialiste du pays, il n'avait jamais essayé d'arracher le parti à la domination de Guy Mollet et de s'en arroger le contrôle. Mis en piste par *L'Express* sous le label « Monsieur X » pour se présenter contre de Gaulle à l'élection présidentielle de 1965, il a d'abord dit « Oui ». Puis, très vite, il a dit : « Non. Je ne suis pas de taille. »

C'est François Mitterrand, que cette angoisse-là ne tourmentait pas, qui a ramassé le flambeau et mis de Gaulle en ballottage, on s'en souvient.

Moi, j'aimais bien, chez Defferre, cette petite faille dans la figure du battant, alors que cent anecdotes chantaient ses exploits guerriers, sportifs ou purement politiques. En somme, derrière cette grande gueule, il y avait un modeste...

Revenons à nos souris, pour lesquelles il s'était dérangé. Convaincu, serait-il convaincant ? Emporterait-il l'adhésion du gouvernement français à une disposition révolutionnaire ? Il y mit toute sa force.

Ce fut à peu près comme si on proposait à ces messieurs de peindre en rouge les tours de Notre-Dame. Jamais plus de sottises ne furent proférées par des gens présumés intelligents : « L'informatique ? Laissez cela à nos ingénieurs ! Et vous prétendez mettre des appareils américains dans les écoles françaises ? Comme si nous ne pouvions pas les faire nous-mêmes !... » Hélas ! Par charité, je ne citerai pas de noms...

Vaillant comme il l'était toujours, Defferre a ferraillé jusqu'au bout. François Mitterrand, circonvenu directement par Jean-Jacques, avait bien compris, lui, qu'il y avait quelque chose à comprendre, mais l'ampleur des investissements nécessaires ne lui avait pas non plus échappé, et il était hors de question qu'il tente de l'imposer à des ministres révulsés. D'ailleurs, il n'y avait pas le feu : l'impétuosité de Defferre n'était pas de mise...

Tout cela se termina par la création d'un centre de recherche soutenu par Mitterrand et où J.-J. sut attirer deux des meilleurs informaticiens du monde... Mais son projet était trop ambitieux, incompatible avec toutes les règles de la bureaucratie française. Il tourna court.

A cette époque, le début des années 80, internet n'existait pas encore, mais J.-J. avait eu une vision prophétique de la mondialisation qu'opérerait l'informatique et de ses conséquences. Il a écrit d'ailleurs à ce sujet (*Le Défi mondial*) un ouvrage qui est un cri d'alarme et d'optimisme à la fois. Mais, c'est une règle générale, ceux qui voient loin ne sont pas entendus. Ils troublent le confort intellectuel. L'élite française n'avait pas envie d'être dérangée par un trublion qui lui montrait sur quoi elle allait se briser si elle ne réagissait pas, et comment une technique nouvelle allait changer de fond en comble le paysage mondial. Quelques-uns, tout de même, comprirent, mais ils furent rares.

Moi, je n'avais pas d'entreprise à diriger, de capitaux à investir, de marchés à anticiper, mais J.-J. m'avait convaincue du caractère bouleversant de l'informatique et de l'urgence qu'il y avait, pour la France, à le comprendre. Je lui disais : « Là-dessus, je veux bien aider, écrire, parler, voir des gens importants, leur expliquer. Mais ce que je ne partage pas, c'est votre optimisme. Je crois, moi, qu'aucune technique ne changera les hommes. Ils sont programmés pour tuer, et d'ailleurs ils n'ont fait que ça depuis la nuit des temps. Tuer l'ennemi, supprimer le rival, réduire l'adversaire, et toujours au nom de Dieu. Dans quelques années peut-être, la manipulation génétique pourra nous rendre tous pacifiques, dociles, avec des yeux bleus, par exemple. Mais c'est alors une autre histoire qui commencera et qui ne fait que balbutier... »

Aujourd'hui encore, je crois — cela me fend le cœur de le dire — que l'homme et la femme ne sont pas amendables, comme on l'a longtemps cru, par l'instruction, la connaissance, la culture. Foutaises ! Staline, Lénine, Hitler, Franco, pour s'en tenir au dernier siècle, n'étaient pas incultes.

Ne me faites pas dire que je suis contre l'instruction. Je la veux pour tous, au contraire ! L'acquisition de connaissances est le plaisir royal de la vie. Je dis seulement que les connaissances n'ont jamais arrêté un coup de poing, qu'elles fournissent une couche superficielle de civilisation, fort agréable au demeurant, mais que l'on trouve autant de grands pervers parmi les diplômés que parmi les ignorants. Générosité, bonté réelle, respect de la vie et tout simplement de l'autre sont partout et nulle part.

Donc, prenons la culture pour ce qu'elle est : un art d'agrément. Un art dont il est infiniment jouissif de savoir jouer sur une large gamme, de posséder les clefs parce qu'elles ouvrent le monde, mais un art qui sert surtout, comme l'intelligence, à se faire plaisir.

Ce n'est pas avec de l'intelligence et encore moins avec de la culture qu'on conduit sa vie privée. C'est avec ses tripes. Les romantiques diront avec son cœur, les libertins avec son sexe — comme vous voudrez.

Freud s'est interrogé : « Quelle est cette force qui habite l'homme à son insu et le dépossède du pouvoir de diriger librement ses choix, ses désirs, ses pensées ? Et comment lui rendre la disposition de la plus grande partie de celles-ci afin d'accroître sa part de décision ? » Personne n'a nommé cette force qui nous gouverne.

Quant à l'intelligence, parfois ligotée par les sentiments, sert-elle vraiment à quelque chose au sein d'une entreprise ? pour mener une carrière politique ? Elle arrive loin derrière la ruse, l'instinct, le jugement sur les hommes, la capacité d'anticiper, le sens du risque calculé, la rapidité dans la décision...

On me dit : « Mais l'intelligence, c'est tout cela aussi ! » Non ! Prenez un élève de l'Ecole normale supérieure qui passe pour notre meilleure pépinière d'intelligences, et faites-lui gérer un grand restaurant, pour voir...

Je crois donc au miracle, celui que peut effectivement accomplir l'informatique dans la formation intellectuelle et scientifique d'une immense partie de l'humanité, dans son mode de vie et de travail. Je ne crois pas que ce miracle contribuera à libérer les hommes d'eux-mêmes. Et quand on me rabâche qu'internet va donner naissance à une humanité réconciliée, j'ai envie de tirer mon revolver !

Reste qu'aujourd'hui encore m'étreint le regret d'avoir été jetée dans la vie sans autre bagage que des lectures hétéroclites et un diplôme attestant que je prenais, en sténo, 130 mots à la minute. Faible socle pour une carrière !

J'étais destinée à devenir médecin, comme mon grand-père, comme deux de mes oncles. Quand j'ai voulu reprendre, à quarante ans, le chemin de l'école, j'en ai été incapable. Pour la médecine, il fallait des maths.

Ce « trou » des études manquées ne se comble jamais. On apprend autre chose, on apprend beaucoup et, après tout, on vit très bien sans savoir qui était Ptolémée et qui a battu qui à la bataille de Lépante. La question n'est pas là. Elle est dans la représentation que l'on se fait de soi. D'ailleurs, c'est la question de toute la vie. Non pas : qui suis-je ? mais : comment me vois-je ? Les êtres humains n'en ont pas une perception objective. Il y a l'idée qu'ils se font d'eux-mêmes, et celle, beaucoup plus vague, parfois fantasmatique, de l'image que l'on a d'eux. Etonnant, parfois, comme il y a peu coïncidence...

Comme tout est ombreux, discutable, indécis, complexe dans ce qui compose un être humain selon qu'il est vu de l'intérieur ou de l'extérieur !

Sur soi, quelque chose rassure quand on vacille : c'est d'avoir une fonction, un titre, même modestes. Se retrouver dans une case, être « logé » par les autres. Quand on peut se dire : je suis gendarme, je suis chef comptable, je suis médecin, on se sent inscrit quelque part. On peut même, de temps en temps, être satisfait de soi, se dire : « On peut certes faire mieux, mais je n'ai vraiment pas été mal aujourd'hui » — et rentrer chez soi en apportant quelques fleurs à sa femme...

Oui, une fonction que l'on a conscience de remplir bien, cela aide dans la représentation que l'on se fait de soi. Mais il y a tout le reste : quel amant est-on, ou quelle maîtresse, quelle mère, quel parent, quel ami... ? Cela fait beaucoup d'épines auxquelles s'accrocher en période d'inventaire, et qui peut se vanter de ne s'y être jamais adonné, fût-ce fugitivement, sur un coup de cafard ?

Nous voici apparemment loin de la douleur du « sans-études » ? Non, car deviendrait-il le prince des lettrés, celui-là saurait, lui, qu'il n'est pas de la famille.

Un romancier français fort connu dissimule avec soin qu'il ne sort pas de Normale sup, mais d'une simple école de commerce. Cela n'intéresse personne, en vérité, mais lui le sait, et cela lui gâche sa physionomie interne d'intellectuel. Alors, sans mentir précisément, il laisse croire...

Ils sont nombreux, les « sans-diplôme », qui, ayant vu leurs études amputées pour une raison ou une autre, se conduisent comme s'ils souffraient d'une infirmité cachée.

Au reste, en France, c'en est une, quelquefois...

4.

OÙ L'ON ME DEMANDE DE MONTRER MES DIPLÔMES.

Deuxième photo : 1977. J'y suis avec Raymond Barre, Premier ministre. On peut y deviner que j'entretiens avec lui des relations agréables.

Je suis chargée, au gouvernement, du ministère de la Culture, qui est une grosse administration de dix à onze mille personnes. Cela ne plaît pas à tout le monde. Un député de la majorité d'alors m'interpelle : « Peut-on savoir, madame le Ministre, quels diplômes vous désignent, après André Malraux, pour une telle fonction ? » Il sait que je n'ai pas le moindre parchemin, et cherche évidemment à m'embarrasser. L'esprit de repartie n'est pas ma spécialité, mais, cette fois, la réponse fuse : « Je suis agrégée de vie, monsieur le député. »

Mouché, il se tait. Barre rit dans sa barbe. J'ai du respect pour Raymond Barre. Il a gouverné, sous VGE, dans des circonstances difficiles : inflation à deux chiffres ; chômage suffisant pour inquiéter ; Chirac, passé dans l'opposition, qui torpillait tout ce qu'il pouvait... Gaulliste appellation d'origine, Barre était outré par ce jeu de Chirac. Je crois d'ailleurs qu'il l'a toujours méprisé, et probablement sous-estimé.

Travailler avec Raymond Barre a été un plaisir. Il

m'a accordé ce que je lui demandais : des crédits, des crédits, des crédits !... Sérieusement, il est remarquable et m'inspire une certaine tendresse.

Je garde de lui un souvenir amusé, le soir de l'inauguration du centre Georges-Pompidou. Après mon discours et celui du président de la République, le directeur du centre avait imaginé de nous faire visiter les lieux de haut en bas, suivis par une petite cour. Or, c'est peu dire que Giscard a horreur de l'art moderne. Il lui donne de l'urticaire. De place en place, il exhalait donc un mépris horrifié pour ce qu'on lui montrait. La cour approuvait. Raymond Barre, en revanche, est bon connaisseur de la peinture contemporaine. Peut-être pas la plus récente, mais enfin, il sait de quoi il s'agit, il aime ceci, il n'aime pas cela, j'ai eu à le constater plusieurs fois. Nous étions l'un et l'autre agacés par le manège de VGE, mais pas question de dire un mot. Rancunier comme il est, il n'eût pas pardonné. Barre le savait aussi bien que moi et retenait sa langue.

Nous arrivions en fin de visite, notre petit groupe arrêté devant un Dubuffet rocailleux. Giscard pencha sa haute taille vers moi et me dit, l'air navré :

« Je parie que vous aimez ça, vous !

— Oui », répondis-je timidement.

Alors on entendit la voix claire de Raymond Barre ajouter :

« Moi aussi ! »

L'honneur était sauf. La visite se termina dans les rires.

5

LEÇONS DE VIE PRISES AUX STUDIOS DE BILLANCOURT.

Agrégée de vie... Cette expression qui, ensuite, m'a poursuivie, recouvrait une réalité. Dès quinze ans, j'ai travaillé dans le milieu le plus « hors normes » de la société, celui du cinéma.

Les gens n'y sont pas plus corrompus, plus pervers, plus obsédés par le sexe et l'argent qu'ailleurs, mais ils ne le cachent pas. Moi qui débarque d'un milieu strict dans ses manières, je suis ahurie.

(Je rappelle que ceci se passe au début des années trente, le milieu du cinéma n'a alors aucun rapport avec ce qu'il est aujourd'hui, banalisé, composé de petits-bourgeois pas plus dissipés que les autres dans leurs mœurs.)

De cette époque j'ai, parmi mes photos, un document rarissime : l'équipe de *La Grande Illusion* tout entière réunie autour de Jean Renoir et Jacques Becker dans le décor de Stroheim. On me voit, toute petite, tenant le *clap*.

On rencontrait de tout, dans le cinéma. Des grands saltimbanques créatifs — Renoir, Jacques Feyder, René Clair... —, des réfugiés russes dans toutes les fonctions, d'énormes vedettes comme le cinéma n'en produit plus en Europe, à bord d'énormes voitures, des producteurs quasiment tous étrangers, parfois juifs émigrés de pays qu'ils avaient dû fuir, jonglant avec les idées dont ils étaient riches et les traites qu'un grand vautour escomptait...

Oui, on rencontrait de tout dans le monde du cinéma. Seuls les ouvriers de plateau et les techniciens étaient simplement des professionnels français. Et encore, pas tous. Ni les décorateurs, ni les maquilleurs...

Je commençais à peine à m'y diriger, protégée par Marc Allégret et Pierre Prévert, lorsque deux « leçons de vie » me furent administrées.

Fanny s'achevait, et je devais enchaîner avec *Les Aventures du roi Pausole*, adaptées par Paul Morand, lorsque le producteur, un gros Russe répugnant qui circulait en Packard, me coinça dans un couloir du studio de Billancourt et entreprit de me faire savoir qu'il entrait dans mes attributions de monter dans cette Packard pour aller passer le week-end à Deauville avec lui.

Je fus longue à comprendre : manque d'entraînement. Il se fâcha, je me rebellai. La punition tomba : j'étais évincée de l'équipe de *Pausole*.

La seconde leçon fut plus dure.

Un jour, par inadvertance, j'ouvris la porte d'une loge que je croyais vide. S'y trouvait un metteur en scène de grande réputation, Julien Duvivier, braguette ouverte. A ses pieds, une jeune femme brune d'une extrême beauté lui administrait... le traitement qui a fait la réputation de Bill Clinton. Aujourd'hui, cela ne surprendrait plus une communiante. Mais c'était il y a plus de soixante ans. Je fus pétrifiée.

C'est la jeune femme qui poussa un cri et suspendit son manège. Furieux, Duvivier me cria :

« Vous, foutez le camp ! Foutez le camp, vous m'entendez !... »

J'obéis, terrorisée.

Or, qu'est-ce que j'apprends peu après ? Que la jeune femme est une dénommée Viviane Romance, gagnante d'un prix de beauté, élue Miss Paris, je crois, distinction qu'on lui a retirée quand on a découvert qu'elle avait un enfant naturel. Elle se démène pour décrocher un petit rôle. Duvivier le lui a promis en échange d'une bonne manière. Mais mon irruption sauvage a tout gâché, Viviane Romance est chassée...

On conviendra que cette histoire a de quoi susciter la réflexion, en particulier sur le sort fait aux femmes, chez une jeune fille qui a appris l'amour dans Stendhal.

J'ai revu Viviane Romance une dizaine d'années plus tard. C'était à Marseille. Elle ne m'a pas reconnue. Je ne me suis pas fait connaître. Elle était devenue tellement populaire qu'il lui fallut deux heures pour descendre la Canebière entre deux haies d'admirateurs.

Faut-il toujours « coucher » pour faire du cinéma ? Je ne crois pas. Je ne sais pas. Sans doute pas plus que dans d'autres professions quand la promotion est entre les mains des hommes. Mais le caractère quasi systématique de l'« impôt sur la bête » d'autrefois, celui du régisseur sur la figurante, a disparu, je crois.

Je crois...

Jeune vierge égarée dans une animalerie, mon problème était cependant moins de m'en défendre que de capturer le prince charmant dont j'étais amoureuse depuis l'âge de neuf ans.

L'amour est violent à cet âge. En vérité, je n'ai jamais aimé personne davantage que Marc Allégret, et cela, pendant des années.

Lui m'aimait *beaucoup*, tout le monde saisira la nuance.

Il était beau — ce à quoi je suis excessivement sensible —, raffiné, charmant, attentionné, et puis c'était grisant de taper pour lui les dialogues que me dictait Gide pour *Sous les yeux d'Occident*, par exemple... D'ailleurs, Marc ne faisait jamais de films vulgaires ou bêtes. Le travail était un plaisir, avec lui. En même temps qu'une torture, puisqu'il était amoureux d'une jeune comédienne nommée Simone Simon à laquelle il téléphonait dix fois par jour...

Marc avait été littéralement enlevé par André Gide dans son adolescence. Il l'appelait « Oncle André », mais n'avait aucun lien familial avec lui. C'était un ami de son père, le pasteur Allégret. Est-ce que celui-ci comprit ou sut jamais — ce qui s'appelle savoir — pourquoi Gide s'était follement entiché de ce jeune garçon, et la nature exacte de leurs relations ? En tout cas, il lui confia son fils. Gide l'emmena en 1925 dans son fameux « Voyage au Congo » où l'écrivain étrillait la puissance colonisatrice, tandis que Marc faisait ses premières armes de cinéaste. Au début des années 1930, le jeune homme avait pris goût aux femmes, mais partageait toujours avec Gide un immense appartement où lui avait été aménagé un « studio », comme on disait alors, spacieux et ultramoderne. Une porte le séparait de la vaste bibliothèque avec piano à queue où Gide se tenait le plus volontiers quand il était à Paris. Le va-et-vient entre les deux pièces était permanent.

C'est là que Gide m'a fait passer ce que j'ai baptisé le « test de Sainte-Beuve », avant de me dicter son courrier. Ce test consiste à demander à quelqu'un de ranger un livre de cet auteur, parmi d'autres, à sa place alphabétique... Selon que ce quelqu'un le range parmi les « S » ou parmi les

« B », vous êtes relativement édifié sur son niveau de connaissances. C'est parfaitement pervers. Gide était pervers. Très gentil, par ailleurs. Quelquefois, il m'emmenait au cinéma.

A l'époque, on commençait à savoir qu'il était homosexuel. Il avait été épinglé par Henri Massis, sauf erreur, et par Claudel après *Corydon*. Mais tout cela était feutré, confiné à un milieu étroit. Moi, je n'en savais rien, et je croyais que l'« Oncle André » était vraiment l'oncle des frères Allégret.

Quant à Marc, il ne présentait aucun des signes extérieurs auxquels on était censé pouvoir identifier les invertis de l'époque. En tout cas, je n'y ai jamais pensé.

Je l'aimais, c'est tout.

La mémoire est étrange qui garde, à quatre-vingts ans passés, le souvenir si vif d'émois, d'émotions, y compris d'une eau de toilette dont je n'ai plus jamais senti la fragrance sans chavirer... Je me rappelle même le numéro d'immatriculation de sa Chrysler grise que je cherchais partout des yeux : 2 RE3...

Incroyable, non ?

Disons que, là aussi, j'ai pris une fameuse « leçon de vie ». L'amour sans retour, la jalousie contenue par orgueil, explosant un jour avec une telle force que, mortifiée, je n'en ai plus jamais de ma vie laissé voir à quiconque la moindre manifestation. Jamais.

Aucun homme ne me démentira.

Un siècle a passé, je veux dire quinze ans peut-être, avec la guerre qui compte double... Je n'ai jamais revu Marc. Il a beaucoup tourné, en particulier un bon film, *Entrée des artistes*. Mais il est totalement sorti de mon esprit.

Un matin, appel de Pierre Braunberger, le producteur le plus populaire du cinéma français, parce qu'il a le génie de détecter les nouveaux talents ; c'est pour lui que Jean Renoir a tourné de bonne heure *Une partie de campagne*. Braunberger, donc, veut savoir si j'accepterais d'écrire une adaptation et le dialogue de *Julietta*, le roman de Louise de Vilmorin. J'ai beaucoup de travail à *L'Express*, peu de temps ; je dis :

« Ça dépend du réalisateur. Ce sera qui ?

— Marc Allégret. Il traverse une mauvaise passe... C'est mon plus vieil ami, je veux l'aider. *Julietta* est un bon sujet pour lui... »

Et moi, est-ce que je veux l'aider ? Oui, bien sûr. Mais il faut que nous parlions un peu de ce qu'il veut faire.

Un rendez-vous est arrangé pour dîner au restaurant « La Méditerranée », place de l'Odéon. Je suis bien connue du patron et lui dis en m'asseyant :

« Vous me garderez l'addition.

Marc arrive, toujours beau... Mais je suis désensibilisée. Nous échangeons quelques banalités, puis je mets *Julietta* sur le tapis, et nous avons une bonne conversation constructive.

L'heure passe. Je propose que nous partions. Il demande l'addition.

« Il n'y a pas d'addition, monsieur, dit le maître d'hôtel.

— Comment ? Mais qui a payé ? »

Marc me regarde furieux, blême :

« C'est toi ? Tu crois que j'en suis là ? »

Il est clair que je l'ai blessé, ce protestant hyperfragile. Comment vais-je rattraper ça ?

C'est le patron du restaurant qui me sauve. Il nous a observés, il s'approche :

« C'est la maison qui vous invite, monsieur Allégret. En espérant qu'on vous reverra. »

Il sait son métier, celui-là !

Julietta a été tourné, avec Jean Marais. C'était un joli film.

6.

Traitée par des célébrités comme un petit chat, aucune ne m'intimidera plus jamais.

Pendant mes « années Marc », j'ai contracté une drôle d'habitude : celle d'évoluer parmi des gens célèbres en tout genre.

Gide m'emmenait souvent déjeuner au « Petit Voltaire », son restaurant favori quand il était à Paris. Là, une fois, il y a eu un jeune homme ardent qui voulait le persuader de ne pas publier *Retour d'URSS* ; c'était Malraux. Une autre fois, il a réussi à faire sortir de chez lui Paul Valéry. J'étais étonnée que Valéry soit en fin de compte comme tout le monde, tellement je l'admirais.

Marc, lui, m'emmenait chez Marie-Laure de Noailles qui avait le salon le plus huppé de Paris ; Marcel Pagnol, qui se prenait si peu au sérieux, Louis Jouvet, Saint-Exupéry... Rétrospectivement, je me rends compte que ces gens-là m'adoptaient comme on le fait d'un petit chat. Oui, c'était quelque chose comme ça...

Grâce à quoi, quand je suis devenue journaliste, je crois que même le pape ne m'aurait pas impressionnée, si j'avais eu l'honneur de l'interviewer.

Mais, dans le genre « célébrités mondiales », ma collection ne va pas jusque-là. Quelquefois, j'ai pensé que de Gaulle m'aurait intimidée. Lui oui, pas un autre.

Je garde quelques photos sauvées du naufrage... Avec le shah d'Iran, ce fut froid, avec Churchill savoureux, avec Khrouchtchev original, avec le roi d'Espagne plaisant, avec Fidel Castro tuant, avec Bourguiba affectueux, avec Eisenhower cordial, avec Indira Gandhi chaleureux... et même humoristique.

Un jour que je l'accompagnais au centre Pompidou, les journalistes se pressaient, on la fit asseoir, soudain elle me dit, angoissée : « Où est mon sac ? J'ai perdu mon sac ! » J'avisai aussitôt. Le sac était derrière elle. Elle sourit quand elle l'eut de nouveau en main et me dit : « Vous ne croyez pas que le calvaire des femmes, c'est d'avoir toujours besoin d'un sac à main ? »

Encore une photo dans ce lot : celle de Tito. Il m'a alors décorée de l'ordre du Drapeau rouge ! J'ignore si cette distinction existe encore. J'étais en Yougoslavie avec la délégation emmenée par Valéry Giscard d'Estaing, président de la République, dans ce voyage. Réjouissances et entretiens d'usage, et puis, la veille de notre départ, Tito et Madame, capitonnée de diamants, nous reçurent dans leur résidence privée autour d'une petite table. Nous étions six ou sept. Et là, il brilla de mille feux entre deux cuillerées de caviar. Un gala ! Cet homme petit, vieillissant, aux cheveux teints, dégageait une force magnétique. Il tenait son pays dans le creux de son poing, il pouvait défier Staline — c'était Tito, quoi ! Avant de quitter l'hôtel, le lendemain, chacun des membres de la délégation reçut dans sa chambre un cadeau. Mon paquet était gigantesque. Intriguée, je voulus voir de quoi il s'agissait avant que le service des bagages ne l'emporte. J'enlevai un flot de paille, de papier de soie, pour finir par découvrir un tableau, de bonne facture, et puis, tout au fond du carton, une carte de visite de tout petit format avec un nom gravé : *Josip Broz,* et quelques mots écrits à la main : « Avec mes hommages ».

Josip Broz était le vrai nom de Tito.

Cette carte, bien bourgeoisement conventionnelle, m'a enchantée. Elle est là, parmi les photos.

Garder tout cela, pour quoi faire ? Pour mes arrière-petits-enfants ? Ils ne sauront même plus qui étaient tous ces gens-là...

Allez ! A la corbeille !

Les gens aiment à se frotter aux célébrités. Voir dans quel état ils se mettent pour en apercevoir au Festival de Cannes ! On essaie de les toucher, comme si c'était contagieux. Les magazines font leurs choux gras de ceux qu'ils appellent *people*, on se demande pourquoi.

Le désir de célébrité accompagne l'ambition de tout acteur, de tout chanteur, de beaucoup d'écrivains, d'avocats, au stade de leur carrière où ils ne sont encore riches que d'espoirs. Sortir du lot, se sentir au-dessus du commun, rejoindre les Olympiens, ah ivresse !

Ma grande expérience des Olympiens me permet de dire que la célébrité, la vraie — disons : Johnny Hallyday ou Zidane... —, est un cilice. Bien sûr, il y a des douceurs : de l'or en veux-tu en voilà, des flots d'amour qui montent vers vous, des courtisans qui vous protègent de la solitude, de temps en temps la satisfaction de soi — mais beaucoup plus souvent la peur ! On s'est battu pour l'atteindre, il faut se battre pour la garder : le déclin vient si vite... On doit vivre persécuté par les photographes, les médias qui ne vous lâchent pas les baskets, qui forcent votre intimité, poursuivent vos enfants à l'école, et ça, ça rend fou... Assurément, personne ne souhaite retourner à l'anonymat, mais simplement respirer un peu... Mais le jour où on respire, survient la panique : Je n'intéresse plus personne, c'est la fin !

Non, il n'est pas toujours délicieux d'être célèbre.

L'agréable, c'est le sous-produit de la célébrité qu'on appelle notoriété. Quand on trouve toujours pour vous une table au restaurant, une place dans un avion, qu'il y a une sorte d'adhésion pour vous permettre de remonter une file d'attente... Ce ne sont pas de grands privilèges, mais de menus agréments... La notoriété ne tourne pas la tête comme la célébrité, elle ne vous emprisonne pas dans une bulle, ne vous coupe pas de l'humanité ordinaire, mais vous donne l'impression, après laquelle court tout homme et toute femme, d'être « reconnu ».

Les gens qui jouissent de quelque notoriété, à Paris ou dans leur région, constituent une secte. Ils ne s'aiment pas forcément entre eux, mais ils se connaissent au moins de vue. Ils sont rassurés de se voir l'un l'autre dans telle ou telle manifestation.

J'avais encore peu d'expérience, à la fin des années 1960, quand Pierre Lazareff m'envoya voir une authentique célébrité, Churchill.

Pour moi, c'était le bon Dieu, Churchill. On m'avait prévenue : Il croit qu'il parle français, mais il faut l'interroger en anglais. Lazareff avait appris par hasard que sir Winston se trouvait incognito à la Mamounia, le grand hôtel de Marrakech. Il espérait que je lui extorquerais une interview « exclusive », comme disent fièrement les journaux.

Il m'a donc désignée pour réussir cet exploit. Je suis partie gonflée d'importance et de documentation, avec un questionnaire bien préparé. J'arrive à la Mamounia vers 16 heures. On me dit d'abord que n'y réside pas de monsieur Churchill, mais je connais la Mamounia et fonce vers la piscine où je vois, alangui dans la grande chaleur de l'après-midi, un petit homme grassouillet dans un short mouillé, un chapeau sur le nez, un cigare planté dans une face enfantine ronde et rose. Je me présente. Il est accueillant, me fait asseoir, mais me dit, ironique :

« Mademoiselle Giroud, votre directeur devrait savoir que je sais écrire et que lorsqu'un journal souhaite recueillir ma pensée, il suffit de me payer... Je fais cela très bien moi-même ! »

Je suis mortifiée. Mon grand homme ! Et de quoi aurai-je l'air, à Paris ? Mais il continue pour me dire qu'il me trouve néanmoins charmante, et qu'il se fera un plaisir de m'inviter à dîner si je lui donne ma parole de ne pas rapporter ses propos. Entretien *off the record*, comme on dit dans le métier.

J'ai tenu parole et n'ai tiré de cette conversation qu'un grand portrait de lui, sans citations. Dans le mépris où je suis de mes œuvres complètes, je n'en ai gardé aucune trace, mais je crois qu'il n'était pas mauvais...

Le portrait était un genre que j'avais en quelque sorte lancé dans la presse de l'époque, inspiré par ceux de Janet Flaner dans *The New Yorker*, et qui me convenait. Je tire quelque fierté de l'un d'eux, celui de François Mitterrand, écrit vers 1949. Je l'avais vraiment « chopé », comme on dit.

Je l'avais connu tout de suite après la guerre, par

des amis de la Résistance, puis il avait été, dans le sillage des Lazareff, comme Jacques Duhamel, l'un de ces jeunes hommes brillants qui venaient déjeuner le dimanche à Villennes, et qui, un jour, cela allait de soi, seraient Premier ministre... Je le voyais souvent.

Après le retour au pouvoir de De Gaulle, en 1958, les déjeuners des Lazareff prirent une autre couleur politique. Je ne saurais dire si Mitterrand cessa d'y être invité ou si c'est lui qui décida de n'y plus venir. Cela n'a d'ailleurs aucune importance. J'y fus moi-même beaucoup moins souvent : la guerre d'Algérie nous séparait.

Désormais, c'était dans la salle à manger de *L'Express*, beaucoup plus modeste, mais ornée de François Mauriac, que François Mitterrand venait déjeuner — on ne peut plus mal, d'ailleurs.

Nous avons alors traversé avec lui quelques-uns des épisodes — comment dire ?... les plus « chauds » de sa carrière : après l'affaire dite des Fuites, celle de l'Observatoire...

On sait qu'en 1974 J.-J.S.-S., président du parti radical, refusa de cautionner l'Union de la gauche. Ce geste, répercuté par *L'Express*, qui était un journal d'influence, fit probablement perdre l'Elysée à Mitterrand : le scrutin se joua à une poignée de voix. Leurs relations personnelles n'en furent que provisoirement affectées. Quant à moi, pas de problème : j'avais fait savoir publiquement que je voterais Mitterrand.

Valéry Giscard d'Estaing est donc élu. J.-J. fait comme ministre des Réformes un passage éclair au gouvernement, qu'il quitte après un incident violent avec Chirac où il est incontestablement dans son tort. Très sensible à son talent, son dynamisme, sa créativité, Giscard a alors un mot superbe. Navré de le perdre au gouvernement, il dit : « Jean-Jacques a une case en trop. »

Je suis moi-même au gouvernement depuis plusieurs mois déjà lorsque j'aperçois Mendès France dans le jardin de l'ambassade de Grande-Bretagne, où l'anniversaire de la reine est, selon le rituel, célébré. Il est tout rogue.

« Qu'est-ce qui vous a pris ? me lance-t-il :

— Je vais vous dire la vérité : je ne pouvais plus supporter H. »

Il reste un instant interloqué, puis, avec un petit sourire, dit :

« Ça, je vous comprends ! Mais enfin, tout de même... ministre de Giscard ! »

Ce fut tout pour ce jour-là. Mais ce H. pour lequel J.-J.S.-S. avait toutes les indulgences était vraiment un clou dans ma chaussure. Indévissable ! C'était son Leporello. Il le traitait mal, mais y tenait.

Il aurait néanmoins été très exagéré de dire que sa seule présence m'avait rendue giscardienne ! Mais il est vrai qu'autour des années 1972-1973, je n'avais plus le goût d'aller travailler à *L'Express*. La proposition de VGE m'était donc apparue comme une fontaine dans un désert. Je lui en saurai toujours gré.

Mais ç'aurait pu être n'importe quoi, ce secrétariat d'Etat qui n'existait pas, qu'il fallait inventer et dont personne, à part Giscard lui-même, ne voulait entendre parler. Au lieu de quoi, par le seul fait de son appui constant, j'ai pu travailler. Avec un cabinet restreint mais efficace, en deux ans j'ai vraiment balayé tout le terrain — juridique, social —, mis en place des déléguées régionales dans toute la France, fait approuver par le Conseil des ministres des dispositions qui auraient dû être votées depuis dix ans et dont on dispute encore...

Oui, nous avons bien travaillé et j'ai eu la surprise d'entendre Jacques Chirac, alors Premier ministre, me le dire :

« C'est ce que le gouvernement aura fait de mieux. »

Au début, ça n'allait pas du tout avec lui, mais, à la fin, on était réconciliés. J'ai raconté cela dans *La Comédie du pouvoir*.

7

ÉLECTION DU PRÉSIDENT AUX ÉTATS-UNIS. —
IL FAUT CHOISIR ENTRE MAURICE CHEVALIER ET
JEAN VILAR

De nouveau une photo prise aux Etats-Unis. Par
un grand photographe, Richard Avedon, pour je ne
sais plus quel journal. Pendant qu'il me mitraillait,
dans son studio, à New York, j'avais l'impression
qu'il voulait m'arracher quelque chose au plus
intime... J'en eus presque mal !

La photo est belle, mais je ne vais pas me mettre
à contempler mes charmes défunts. Au panier !

L'Amérique était encore enivrante, en ce temps-
là. Elle l'est toujours, mais autrement. C'est
l'Empire romain. Un bloc d'orgueil et de puissance
contre lequel bute notre ressentiment de petite
puissance. L'antiaméricanisme répandu aujour-
d'hui me répugne, comme tout ce qui procède de
l'aigreur, de l'envie — d'un membre viril trop court
quand on le compare... Mais nous avons beaucoup
rétréci, depuis soixante ans, il faut bien en vouloir
à quelqu'un...

A la fin de 1952, le débarquement en Normandie

n'était pas loin, on les aimait, les Amerloques, on allait visiter les champs de croix blanches où dormaient tant de leurs jeunes morts, on aimait leur force qui nous avait délivrés, on rêvait devant cette abondance de biens étalée dans leurs magasins réservés, abondance inconcevable pour les Français encore privés de tout. Et cette énergie communicative qu'ils irradiaient, comme s'ils vous branchaient sur une pile électrique...

J'étais rentrée avec 50 kilos de bagages, des cadeaux pour tout le monde, introuvables à Paris. Air France avait fermé les yeux.

De ces premiers jours passés à New York, j'ai aussi un souvenir prégnant : le jazz. Le jazz dans cette fameuse boîte dont le nom m'échappe, qui a disparu aujourd'hui, où les meilleurs trompettes, les meilleurs saxos, les meilleurs batteurs jouaient toute la nuit jusqu'à tomber par terre, drogués jusqu'aux yeux.

On restait à les écouter, lové dans la musique comme dans un pot de miel, secoué par les grandes échappées lyriques des saxos, envahi, exténué. Quand on sortait, les yeux cernés, on revenait de très loin.

C'était un lieu magique où je suis souvent retournée, vingt ans plus tard, avec un autre fou de jazz, J.-J. Sempé. A propos, c'était épatant d'être à New York avec Sempé, parce qu'il ne parlait pas un mot — pas un ! — d'anglais. Mais il se promenait dans les magasins, il draguait et ramenait une blonde, il se débrouillait comme un chef parce qu'il s'était muni d'un bloc et d'un crayon : tout ce qu'il voulait dire, il le dessinait.

L'élection présidentielle américaine approchait. J'avais réuni beaucoup d'informations pour une série d'articles. Pierre Lazareff m'avait dit : « Il n'y a plus rien à écrire sur l'Amérique, mon chéri ! » Je l'avais supplié de me payer le voyage, jurant que je trouverais sur place de quoi écrire... Il avait accepté, parce qu'il était bon. Et j'avais trouvé : les femmes. A l'époque, c'est peu de dire qu'on n'en parlait pas. J'avais de quoi faire !

Donc, j'étais en fin d'enquête lorsque J.-J. débarqua. Il couvrait l'élection pour *Paris-Presse*. Je ne connaissais rien à la politique américaine, mais je l'ai vu alors si engagé dans cette consultation — engagé affectivement — que je me suis mise à m'y intéresser à mon tour.

Les Américains étaient appelés à choisir entre Adlai Stevenson, très populaire dans les milieux intellectuels, et Dwight Eisenhower, général victorieux. La lutte semblait serrée, avec cependant une prime pour Stevenson, et Jean-Jacques exultait. La télévision ne jouait pas du tout le même rôle qu'aujourd'hui, mais enfin, on voyait les deux prétendants, on les entendait à la radio, la pression montait...

Ce matin-là, je dis à J.-J. :

« Je suis désolée pour vous, mais Stevenson va perdre ! »

Il rugit, et c'est parce qu'il est très poli qu'il n'en dit pas davantage.

J'insistai, car je savais qu'il devait envoyer dans la journée un article à Paris avec son pronostic.

« Mais enfin, reprit-il, agacé, qui vous a mis cette idée dans la tête ?

— Personne, répondis-je. Je les ai regardés. C'est comme si vous demandiez aux Français de choisir entre Jean Vilar et Maurice Chevalier. Lequel gagnerait ? »

A la fin de la journée, il avait vu tout ce que New York comptait d'analystes politiques. Il écrivit son article et le téléphona devant moi : cela lui arrachait le cœur, mais il annonçait la défaite probable de Stevenson.

Il fut le seul journaliste non américain à faire ce pronostic.

A l'époque, les Américains parlent beaucoup d'argent. Maintenant, ils ne parlent plus QUE d'argent.

Les Etats-Unis n'ont jamais eu d'aristocratie, disons plus vulgairement de « gratin » nettement séparé et désigné. Ils s'en sont remis à l'argent du soin d'en créer, d'établir des distinctions sociales. C'est pour cela que le fait de peser ou de gagner tant de millions de dollars joue là-bas un tel rôle, c'est pour cela, contrairement à toutes les règles de la bonne éducation en vigueur en Europe, qu'on les exhibe, qu'on s'en vante, qu'on en veut plus encore. On a calculé qu'au milieu du prochain siècle, la moitié de la fortune américaine sera concentrée entre les mains de deux mille personnes !

Aujourd'hui, ce mécanisme d'enrichissement effréné passe, pour le commun, par la folie qui a saisi la Bourse avec les valeurs liées à la communication. Elle multiplie par dix la disposition de l'esprit américain à ne parler que d'argent. Fatigant, vraiment, fatigant !

Reste que New York est la ville la plus tonique du monde et que l'on en revient toujours batteries rechargées, ce qui n'est pas négligeable.

J'y allais tous les ans, quand j'avais encore toutes mes forces. Maintenant je n'ose plus, je suis trop fragile. Et puis, on marche tellement à New York...

8.

ENCORE LES ÉTATS-UNIS. DÎNER AVEC
MARLÈNE DIETRICH ENSORCELANTE.
ELLE ME DIT : « VOUS AVEZ UNE TRÈS JOLIE ROBE... »
JE RÉPONDS : « VOUS AUSSI ». C'EST LA MÊME !

En je ne sais plus quelle année, j'étais aux Etats-
Unis pour une série de conférences. Dîner chez un
vieil ami, Alex Lieberman : on s'embrasse, vite, un
verre ! quand j'aperçois soudain, au fond de la
pièce, une femme debout, regardant un tableau.
Elle porte ma robe. La même robe que moi, veux-
je dire, plissée, d'un gris doux très particulier,
signée Dior.

Que fait-on dans ce cas-là ? On rentre sous terre ?
On assume ?

La femme se retourne, marche lentement vers
moi, me sourit, dit d'une voix de velours noir :

« Je crois que nous nous connaissons... »

C'est Marlène Dietrich.

Je bafouille trois mots. Elle me regarde de la tête
aux pieds et dit :

« Vous avez une très jolie robe de notre ami
Christian.

— Vous trouvez ? Vous aussi ! »

Elle se met à rire. Elle est ensorcelante.

Des années passent. Je vais déjeuner, à Paris,

chez Chanel. C'est une bien vieille dame maintenant, sèche, impérieuse, méchante comme un pou.
J'ai plutôt envie de la fuir, mais les visiteurs ne se
bousculent pas à sa porte. En un mot, elle est
tuante.

Entre les Coromandel du petit salon, le troisième
couvert est pour Marlène, qui arrive habillée en
homme, ce que Chanel exècre, elle le sait. Mais elle
ne va tout de même pas se gêner ! La vedette, ici,
c'est elle.

A peine sommes-nous à table, Chanel lâche des
horreurs sur tous ceux et celles dont le nom lui
tombe sous la dent... Méchante mais drôle, Chanel,
horriblement drôle !

Manifestement, elle déteste Marlène — mais qui
ne déteste-t-elle pas ? — pour une raison évidente :
même altérée par les années, Marlène Dietrich irradie la séduction. Entièrement élaborée, fabriquée,
étudiée, mais avec quel art ! Il ne restait qu'à suc-
comber.

Elle part la première.

« Vous avez vu, me dit Chanel, cette idiote ! Elle
vit la bouche ouverte parce qu'elle se figure que ça
cache ses rides ! »

J'ai envie de lui répondre qu'on voudrait bien être
une idiote comme ça. Mais, avec son petit visage
noir tordu, crispé de colère sous son inamovible
chapeau, Chanel soudain me fait peine. Si célèbre,
si riche et si seule... Cette femme méchante a
d'ailleurs été gentille avec moi, elle m'a habillée
souvent pour trois fois rien.

Je lui ai donné la seule chose qui était en mon
pouvoir : rencontrer Pierre Mendès France. Elle en
rêvait. Je n'allais pas attirer Mendès dans un piège !
Je lui ai expliqué qui elle était, comment elle était,
je lui ai tout dit, mais aussi que c'était un personnage, un des grands du XXe siècle... Il consentit à la
rencontrer, s'amusa même de cette perspective.

Ils se retrouvèrent à dîner chez moi. Et il se passa ce que j'avais à la fois prévu et redouté : quand Chanel prit la parole, elle ne la quitta plus.

Et de quoi parla-t-elle pendant une heure et demie sans entracte ? De quoi et de qui ? De de Gaulle, son idole ! Allez au demeurant savoir pourquoi... Elle avait été plutôt collabo, Chanel !

Mendès était médusé. Jamais il n'oublia ce dîner.

9.

MÉDITATION SUR L'AVENIR : LA PROBABILITÉ
D'UNE MODIFICATION DE LA NATURE HUMAINE PAR
INTERVENTION SUR LE CERVEAU. —
UNE RÉVOLTE MONDIALE DES PAUVRES. —
ET LA MULTIPLICATION DES CLONES DE DIEU.

Je m'attendris un instant sur quelques vieilles photos de famille. Sur l'une, quatre générations de femmes sont assises sur le même canapé. Toutes disparues, évidemment, sauf moi. Voici mes parents faisant du ski. Ils sont jeunes et gais. Ça me fait plaisir qu'ils aient pu être jeunes et gais. Et puis voilà toute ma descendance, abondante. Tout cela ira dans une enveloppe — pour eux.

Ils vont être témoins, éventuellement acteurs de choses étonnantes. De choses horribles aussi, forcément. Tous les démons ont mis le pied dans la porte du siècle à peine entrouverte pour s'y faufiler. Le racisme, bien sûr. La guerre, pas tout de suite, du moins en Europe. Selon André Glucksmann, si nous sommes à l'abri d'une guerre intra-européenne, c'est parce que, chez tous les acteurs d'un éventuel conflit, Dieu est mort. Or, pour tuer, il faut beaucoup d'enthousiasme, il faut se sentir possédé par une force infaillible, c'est-à-dire entrer dans les transes, dans ce qu'on appelait autrefois

« religion ». Du temps que les cardinaux venaient bénir les canons. Autrement dit, on ne fait pas la guerre en traînant les pieds. Hors des frontières européennes, il peut se passer n'importe quoi, mais l'union de l'Europe peut être une façon de « barricader l'enfer », dit Glucksmann.

Un autre penseur, Jacques Attali, prévoit que dans le cours du siècle, le monde se divisera en deux grands ensembles regroupant d'un côté le continent américain, l'Europe et la Russie, de l'autre côté la Chine, le Japon, l'Inde et les plus petits asiatiques, l'Afrique restant hors du coup, enlisée dans son sous-développement.

Bizarrement, autant je me sens physiquement frileuse, hésitant à aller marcher dans le froid sur Madison Avenue, autant je continue à me sentir entreprenante dans ma tête, avide de comprendre le présent et de percer l'avenir, bien que je sache qu'on ne le perce jamais vraiment.

Le « Avant c'était mieux », rengaine aujourd'hui d'un bon nombre, m'est étranger. C'est faux. « Avant », ç'a été dégoûtant. Mais c'est souvent une attitude de sauvegarde biologique d'affirmer le contraire en soupirant. Quand on vieillit, ce qui change vous rapproche de la mort. Alors on devient conservateur au sens propre du terme. On veut retenir la marche du temps. Pour les jeunes gens, au contraire, le changement est ce qui porte l'espoir... Elémentaire, mon cher Watson !

Je ne place pas d'espoirs excessifs dans l'avenir parce que je me sens philosophiquement plus près de Hobbes que de Jean-Jacques Rousseau : l'homme est un loup pour l'homme et le restera.

A moins que...

A moins qu'en manipulant ses gènes et une région de son cerveau qui s'appelle, je crois, l'aire IV, on puisse modifier la nature humaine en plusieurs points. Les biologistes sont vertigineux quand ils en parlent. On pourra éliminer l'agressivité, par exemple. Mais, dans ce cas, tout le monde deviendrait paresseux, alors que la société a besoin de garder tout de même quelques moteurs. Qui en décidera, dans quelles instances, c'est une autre histoire, mais il est plausible que ce soit l'histoire de demain.

Le sûr est qu'il se passera dans ce domaine des choses extraordinaires, propres à terrifier ou à éblouir selon l'idée qu'on se fait de l'homme et de sa nécessité sur la Terre. D'ores et déjà, c'est assurément plus excitant pour l'esprit que de se demander si c'est Séguin ou un autre qui sera maire de Paris.

Sans doute le siècle verra-t-il aussi une révolte des pauvres. On est toujours le pauvre ou le riche de quelqu'un, mais l'écart entre le plus grand nombre et le plus petit va croître par l'enrichissement des déjà riches, qui est de plus en plus rapide. Difficile et même impossible d'imaginer quelle forme revêtira ce soulèvement, s'il a lieu.

Ce qui m'intéresserait, c'est de savoir ou de comprendre pourquoi une telle insurrection ne s'est pas encore produite à ce jour alors que l'inégalité qui règne sur la planète a toujours été pharamineuse — l'inégalité de fondation, veux-je dire...

Pourquoi, à un moment donné de l'Histoire, tout est-il venu de l'Europe et d'elle seule, l'Amérique étant son prolongement ? Pourquoi l'Europe a-t-elle décollé économiquement, et elle seule ? Pourquoi la Chine, si créatrice, s'est-elle brusquement mise en veilleuse au IVe siècle ? Pourquoi les Arabes, si féconds, sont-ils devenus des fruits secs ? Où est la justice de Dieu dans cette scandaleuse répartition entre terres riches en blé, en diamants, en pétrole, et déserts stériles ? Comment se fait-il qu'il n'y ait jamais eu une formidable jacquerie pour exiger que toutes les cartes soient rebattues et redistribuées ? S'il y a une explication à cette apathie, à cette disparité consentie, je ne la connais pas, hormis celle suggérée par Montesquieu — sa théorie des climats —, qui est insuffisante.

Aujourd'hui, on pourrait se risquer à prédire : la grande insurrection aura lieu quand l'équipement en internet sera complet, mondial, c'est-à-dire assez vite, et que tous, partout, portable à la main, seront au courant de tout. Alors les riches, retranchés dans leurs bunkers, derrière leurs systèmes de sécurité — c'est déjà le cas en Californie, et jusque sur la Côte d'Azur — pourraient passer un mauvais moment.

De tous temps, c'est l'ignorance qui a protégé les possédants de la colère des pauvres, faute de points de comparaison. Que savait-on, que sait-on encore, dans certains pays, de la vie à cent kilomètres de chez soi ? Et puis la télévision est arrivée, et elle a commencé à ouvrir des brèches dans le mur de protection. Sous internet, le mur ne sera plus que trous.

Il faut lire ou relire René Girard pour prendre la mesure d'un sentiment universel : l'Envie. L'envie, séculaire, de ce que possède l'autre, qu'il s'agisse d'une moto, d'un bijou, d'un empire ou d'une femme. Si l'on en croit René Girard, qui n'est plus guère contesté sur ce point, le mimétisme est le principal ressort humain depuis la nuit des temps.

Eh bien, on va les voir s'allumer, les feux de l'envie, chez des populations qui, jusque-là, ne pouvaient convoiter ce qu'elles ne connaissaient pas !

Les prévisions sont très généralement fausses parce qu'on les émet à partir de signes déjà perceptibles alors que la vie invente sans cesse, bouscule tout, procède par bonds. Ainsi, personne — personne ! — n'avait prévu la révolution de l'informatique, son étendue parfois si traumatisante.

Même si on sait bien, tout de même, qu'on ne retournera pas en arrière, quelque chose est en train de s'achever, un grand pan de l'Histoire, tout comme s'est achevé jadis l'Empire romain : pas du jour au lendemain, mais inexorablement. L'Amérique cessera ainsi de flamboyer. Et qu'est-ce qui vient après la chute de l'Empire romain ? Le Moyen Age. Enfin... un nouveau Moyen Âge.

Ce qui est agaçant, évidemment, c'est l'impossibilité de mettre des dates là-dessus. Mais, à l'échelle humaine, c'est l'avenir prévisible qui compte : que vivrai-je et, surtout, que vivront nos enfants ?

On ne s'avancera pas beaucoup en prédisant qu'ils vivront en tribus, produits naturels d'internet, plus ou moins larges à leur gré. Tout le monde gémit sur la fin de la famille : ce sera le début de ce qui la remplacera, et où, on peut l'espérer, chacun trouvera chaleur et solidarité.

Jacques Attali, toujours si fécond, caresse une belle utopie : après une guerre ultime entre les deux blocs, Asie et Occident, un désir commun viendra à tous : la fraternité. Et elle régnera dans un monde réconcilié. Pourquoi pas ?

Mes prévisions à moi seront à plus court terme. Le jour où les hommes n'en pourront plus de ne vivre que pour produire et consommer — nous n'en sommes pas loin, dans les pays riches —, ils vont se mettre à sécréter de l'utopie, de l'irrationnel, à fabriquer du sacré, à soupirer après Dieu ou ses substituts... C'est ce à quoi on assiste déjà au Japon, au Brésil, dans les sectes américaines, et jusqu'en France.

Faut-il que la demande d'utopie soit pressante pour que même Pierre Bourdieu évoque son programme politique dans un appel à le rejoindre en le présentant comme « une utopie réaliste » !

De toutes les menaces précises ou diffuses qui planent sur l'avenir et que l'on peut aujourd'hui identifier, c'est celle que je redoute le plus : la déraison.

Ce que l'homme fait de mal à l'homme au nom du Christ — ou aussi bien au nom d'Allah —, on ne le met pas au débit de Dieu. Quoi qu'Il fasse ou ne fasse pas, son compte à Lui n'est jamais dans le rouge. Et même si l'on n'est pas croyant, on se Le garde en réserve quelque part.

Se tiennent aujourd'hui encore des colloques entre intellectuels de haute volée sur le point de savoir si, après Auschwitz, on peut encore croire en Dieu. Tout dépend, bien sûr, de ce qu'on met derrière ces quatre lettres. Mais faut-il que le besoin de croire soit criant pour que des intellectuels en viennent en quelque sorte à demander à leurs collègues l'autorisation d'y céder !

Croire en Dieu... Quel Dieu ? Aujourd'hui, c'est au choix, à la carte, au goût du client. Tolérance ? Là, vraiment, le mot de Claudel s'impose : il y a des maisons pour cela ! La foi ne peut être qu'intolérante, impérieuse, intransigeante, vibrante, ou bien elle n'est pas.

Les clameurs nietzschéennes annonçant la mort de Dieu sont démodées, mais le fait est que le Dieu de notre jeunesse s'est désintégré sous nos yeux. Plutôt que des progrès de l'incroyance, il faudrait parler de dé-croyance. Tout s'est passé comme si une mer s'était lentement retirée, laissant apparaître un terrain sec, aride, où s'affairent des personnes extrêmement préoccupées d'elles-mêmes, non pas du salut de leur âme, comme c'eût été jadis le cas, mais de leur « moi », qui a trop de kilos ou pas assez...

A certains la dé-croyance a été salutaire, mais, chez d'autres, c'est un phénomène qui entraîne parfois des frissons, des angoisses, des tremblements, des peurs. Des plaintes secrètes, aussi : pourquoi Dieu m'a-t-il laissée tomber ? A quoi Dieu pourrait répondre, s'Il daignait : « C'est plutôt le contraire ! »

Mettons qu'il y ait des torts des deux côtés. De toute façon, Il ne peut pas répondre, s'Il est mort, et ce silence, si répandue que soit la dé-croyance, ce silence de plomb, les gens ne s'y font pas. Ils souffrent ; plus ou moins, mais ils souffrent.

Ce monde leur est de moins en moins intelligible. On sait greffer une main, cependant que, dans une sorte de résignation générale, des enfants s'entre-tuent avec des armes à feu. La jeunesse de tous les pays se drogue. A ce vaste désordre il y a bien un responsable, quelqu'un qui ne fait pas son boulot, là-haut !

On dit « là-haut » par habitude, mais c'est absurde, il n'y a rien, là-haut, que les satellites et les supersoniques. Si Dieu s'est retiré quelque part, il serait plutôt en bas, dans le silence de la mer.

Là-haut ou en bas, mort ou en congé sabbatique, « Dieu » est devenu l'autre nom d'un manque. Aussi ne faut-il pas s'étonner si de grands escrocs ont trouvé un large marché pour les produits de sub-stitution (et ce ne sont pas seulement les drogues dures). Dans la plus grande partie du monde, y compris en Chine, des clones de Dieu occupent l'espace mental.

Aux Etats-Unis, à côté de sectes innombrables, riches et puissantes, qui louent généralement le Christ à grands cris, des fondamentalistes protes-tants, non moins riches et puissants, ont formé le mouvement dit « créationniste ». Ils ont attiré des personnalités non négligeables, des universitaires réputés qui sont d'accord avec eux pour déclarer

que Darwin, ça n'est pas sérieux. *Out, Darwin !*
L'évolution n'est qu'une vue de l'esprit, ça n'existe
pas, rien n'a bougé dans l'ordre de la nature depuis
la création du monde ! La seule version acceptable
de l'aventure humaine, selon les créationnistes, elle
est dans la Bible, c'est la Genèse. C'est ainsi qu'elle
est enseignée dans leurs écoles, avec une morale
assortie. Ils ont même demandé dans plusieurs
Etats que l'évolution selon Darwin soit retirée des
programmes scolaires comme une offense à Dieu.
Et le revoilà ! Mais dans quel état...

Que des gens intellectuellement structurés soient
psychiquement trop fragiles pour affronter aujour-
d'hui l'absence de Dieu, il ne s'agit pas de les juger.
Mais qu'ils s'érigent en groupe de pression, publient
des textes pseudo-scientifiques, exercent dans leurs
Etats un vrai terrorisme moral, voilà qui est plus
ennuyeux.

Les Américains sont un peuple religieux ; il est
assez normal que des dérèglements de ce côté-là se
manifestent vivement chez eux. En Chine, je ne sais
rien du problème, hormis ce que j'en lis, comme
chacun : une organisation religieuse énorme et
puissante, dont on ignorait jusque-là la force, fait
trembler le pouvoir. On ne sait pas bien quel culte
est pratiqué en son sein.

En France, ce qu'on appelle, pour la commodité
de la conversation, des sectes, ne manque pas et
ressemble davantage, pour ce que l'on en voit, à des
fonds de commerce qu'à des Eglises. On y pratique
une exploration sans vergogne du désarroi, de la
solitude, du « vide à l'âme » qu'entraîne la
dé-croyance. On vous propose des idoles de substi-
tution. Fait-on du mal ? Certainement, si l'on en
juge par ceux ou celles qui, quelquefois, en sortent
comme hagards, égarés, réveillés d'un mauvais
rêve...

Mais enfin, pour le moment, ce n'est pas un problème national. La dé-croyance, en revanche, en est un, dans tous les pays chrétiens, parce qu'elle rompt de vieux équilibres, enlève leur canne à ceux qui marchaient avec, pousse à se poser des questions embêtantes : qui suis-je ? pour quoi faire ? qu'y a-t-il après la mort s'il n'y a rien ? Enfin bref, des vétilles dans ce goût-là...

Un de mes amis, scientifique notoire, m'a laissée stupéfaite en m'annonçant qu'il avait rejoint, à trente ans, l'Eglise de son enfance. J'ai dit :

« Pourquoi pas ? Mais pourquoi — si toutefois tu le sais ?

— C'est parce que j'ai regardé l'éclipse, cet été, tu te souviens ? Elle a été annoncée il y a quatre-vingts ans, ainsi que la date et l'heure où elle se produirait... Et elle s'est produite ! Comme tu le sais, il est impossible de faire sonner trois pendules en même temps. Charles Quint s'y était escrimé, en vain. La précision du réglage de la formidable mécanique qu'est l'univers m'a fasciné. Je me suis dit : la seule explication, c'est qu'il y a un mécanicien. Alors, je vais le fréquenter un peu...

Dans la morne tiédeur où nous sommes en Europe, sans dieux ni diables, on est tenté de se dire que c'est un moment à passer, que la « civilisation », comme nous l'appelons, la « modernité », si l'on préfère, sera plus forte que les fanatismes et les pulsions de mort, et que l'on se dirige cahin-caha vers une grande pacification générale, chaque groupe humain se faisant de plus en plus compréhensif, tolérant, ouvert au fur et à mesure qu'il devient plus comblé sur le plan matériel.

C'est possible. Je n'en crois rien... A moins que Dieu, vraiment, y mette du sien !

10.

EN REPORTAGE DANS LE NORD, EN 1963,
JE PRESSENS QUE LES MINES VONT FERMER ;
QUE LA SIDÉRURGIE ET LES TEXTILES SONT CONDAMNÉS,
QUE LE VIEUX PAYS VA BEAUCOUP SOUFFRIR.

Une photo encore, que je n'identifie pas. Je n'y suis pas belle : un fichu sur la tête, un vieux manteau... 1963 ? J'y suis : c'est la grande grève des mineurs dans le Nord ; j'en fais le reportage avec mon copain Jacques Derogy.

Je fais rarement du reportage, ce n'est pas ma fonction à *L'Express*, seulement dans les occasions extraordinaires : Cuba passant à Fidel Castro, l'assassinat de John Kennedy...

La grève des mineurs n'est pas de même nature, mais elle soulève en France une immense émotion. Les mineurs : « Une profession à laquelle son caractère rude et dangereux confère une particulière noblesse », dira de Gaulle. La légende du mineur est ancrée dans la conscience nationale.

Or, le pays n'a plus besoin de son charbon. Ce qu'il lui faut, on peut l'importer, moins cher, et il y a le gaz, il y a le pétrole. Le charbon est un secteur condamné. Tous les dirigeants le savent. Personne n'ose le dire.

La grève s'est déclenchée sur une question de

salaires. Trois jours après, exaspéré, Georges Pompidou, Premier ministre, commet LA gaffe : il fait signer à de Gaulle un ordre de réquisition des mineurs, avec cette mention : « Signé à Colombey-les-Deux-Eglises », qui n'arrange rien.

L'émotion passe à son comble, les soutiens aux mineurs affluent de tous côtés. Au bout de trois semaines, ils obtiennent à peu de chose près satisfaction, mais n'empêche : la mine va mourir, c'est clair. Plus qu'une question de mois.

Robert, à qui je vais dire au revoir, me demande : « Vous écrirez bien tout, hein ?

— Promis. Si vous m'autorisez à citer votre nom, je parlerai même du fromage... »

La veille du déclenchement de la grève, à dîner, Robert a dit à sa femme : « Tu as oublié le fromage... » Elle a dit : « Non, je n'ai pas oublié, mais c'est trop cher, on n'a plus les moyens de s'en payer. » Alors il a pris un coup de sang et a voté la grève.

Si tout cela m'est resté si présent à la mémoire après presque quarante ans, si j'ai encore dans les yeux les visages de Robert, de P'tit Louis, de Germain, c'est parce que ce drame du charbon en annonçait d'autres : celui du textile, celui de la sidérurgie... Tout le vieux pays allait se défaire, et, sur le plan humain, ce serait déchirant.

Sur l'instant, je n'ai pas écrit cela, naturellement, c'était une vue des choses plus intuitive que raisonnée.

Hélas, elle était juste !

11.

POURQUOI JE SUIS MEILLEURE DANS LES OPÉRATIONS DE COMMANDO QUE DANS LES GUERRES DE POSITION.

Cinq, six, sept photos de moi dans mon bureau : qu'est-ce que c'est que ça ? Ah oui, elles ont été faites pour une brochure publicitaire du journal. Aucun intérêt, je jette !

Je ne saurai dire qui, d'Hélène Lazareff ou de l'homme avec lequel j'étais mariée, fut davantage meurtri par ma désertion, en 1952. Je crois que c'est Hélène. Nous étions, c'est vrai, comme les deux doigts d'une main. Elle ne m'a jamais pardonné de l'avoir trompée... avec un autre journal ! Mais je n'en pouvais plus du journalisme exclusivement féminin.

En fait, ce qui me plaît, ce sont les opérations de commando. J'y suis toujours meilleure que dans les guerres de position. Une petite équipe soudée, déterminée, visant un objectif bien cerné, et puis foncer : ça, je sais faire. Ensuite, quand il s'agit de s'étendre, que les petites équipes deviennent de gros bataillons, ça ne me stimule plus, je m'étiole.

Elle avait d'abord été une opération de commando. Ce n'était plus du tout le cas depuis que le magazine prospérait. Et puis, pour être honnête, derrière le projet encore vague d'un autre hebdomadaire auquel je commençais à penser, il y avait les yeux de Jean-Jacques...

Hélène ne pouvait pas lutter. Elle a essayé, elle a tout fait, elle est allée voir ma mère pour lui dire :

« Françoise fait une folie ! En quittant le groupe *France-Soir*, elle quitte une forteresse où sa sécurité aurait toujours été assurée... Pour du vent ! Retenez-la, c'est son intérêt, et celui de ses enfants puisqu'elle en a la charge... »

Ma mère, qui appréciait beaucoup le charme exceptionnel d'Hélène, l'a écoutée gentiment en lui offrant le thé, puis lui a dit :

« Chère Hélène, je vous comprends et je vous entends. Mais Françoise, vous savez, décide toujours seule. Parfois c'est bien, parfois c'est mal, mais elle est butée comme un âne. Elle était comme ça à trois ans... Enfin, je vous promets que je lui parlerai... »

C'est elle, ma mère, qui m'a rapporté cette conversation en riant et en ajoutant :

« Si mon avis t'intéresse, ma petite fille, change de vie ! Cette histoire de forteresse, quelle horreur ! » Le vrai est qu'elle aimait J.-J. C'était d'ailleurs réciproque et, pour moi, cette entente était douce. Il faut dire qu'elle raffolait de politique, dont elle avait été nourrie par son père, son mari, son frère. C'était pour elle le « noble art ».

Quelqu'un de pas banal, ma mère... Quarante-huit heures après la naissance de ma fille, elle est entrée dans ma chambre et m'a dit calmement :

« Il se passe quelque chose d'ennuyeux. J'ai une

tumeur au cerveau. Il paraît qu'il ne faut pas perdre de temps. »

Elle a été sauvée sur le fil, abîmée seulement par une petite cicatrice à la racine du nez. Parfois le sang s'échappait, c'était assez impressionnant. J'avais appris comment la soigner.

Non, elle n'était pas banale... Libre de tout conformisme, de toutes conventions, mais le plus naturellement du monde, sans aucune révolte affichée, verbalisée, contre l'ordre dans lequel elle avait été élevée.

Elle ne professait aucune théorie sociale ni économique. Spontanément, elle était du côté des faibles, comme elle était du côté de la bonne littérature. En politique internationale, sérieusement armée, elle lisait tout, se tenait au courant de tout. Et comme elle était adorable, on l'adorait, bien qu'elle eût parfois le jugement dur, un discernement qui laissait les gens en pièces.

Du temps qu'elle habitait avec moi, elle vivait retranchée dans sa chambre, domaine privé par lequel transitaient tous mes amis pour s'entretenir un moment avec elle. Un jour, Robert Oppenheimer, le père de « Little Boy », la toute première bombe atomique, lancée dans le désert du Nevada, suspect aux Etats-Unis de sympathies progressistes, vint déjeuner à la maison. Nous étions heureux et impressionnés de le voir, ce grand type dégingandé aux yeux larges, clairs, que l'on disait ravagé par le sentiment de sa responsabilité. (Un témoin affirme que, tout de suite après l'explosion, le directeur du test lâcha : « Maintenant, nous sommes tous des fils de pute ! » Oppie aurait commenté : « C'est la remarque la plus pertinente inspirée par ce test ! ») Après son départ, je remarquai une déchirure dans le tapis du living, et je lançai machinalement :

« Il serait vraiment temps de changer la moquette, dans cette pièce.

— Quoi ! Changer la moquette sur laquelle a marché Oppenheimer ? Jamais ! » décréta ma mère.

On voit le personnage.

Elle avait été d'une grande beauté, sans en tirer vanité, et d'une constante élégance, fût-ce au fond de la dèche la plus noire. Cela tenait à je ne sais quoi qu'elle avait dans les mains... Elle achetait un coupon de trois sous au marché Saint-Pierre et en faisait une robe impertinente...

Mais je pourrais écrire cinq cents pages sur ma mère ! Un jour je le ferai, pour lui demander pardon. Pardon pour tout. Ce sera un gros livre ! Mais ce n'est pas mon propos d'en parler ici...

« Je serais avec toi, toujours, je te laisse, tu
pourras te coucher. Réveille-moi si... »
— Mais demain, la chimio, commença-t-elle...
nulles perspectives... Ça dépend... Je tiens ses
deux mains... Je reste là, interrogeant son
visage... les yeux qu'elle ouvre... Il souffre... je
n'arrive plus à parler... Il se penche. Je lui ten-
dais les mains quand les douleurs d'agonie...

... ...

Je ne me souviens plus du moment où la
vie s'en va... Je pleure et je répète... Courage... Il est mort dix minutes... Je l'ai...

12.

La naissance de *L'Express*... —
Ce qu'était la France en 1953.

L'Express est né dans trois pièces que nous occu-
pions à sept ou huit, parmi lesquels la femme et
deux sœurs de J.-J., sans aucune expérience de la
presse. Un vrai commando, mais avec des
« bleues » !

Il y avait tout de même un bon professionnel,
Pierre Viansson-Ponté, et très vite sont venus Jean
Daniel puis Philippe Grumbach. Plus tard, bien sûr,
d'autres nous ont rejoints. François Mauriac ne fut
pas le moindre.

Nous avons très peu d'argent. Parmi ceux qui
nous ont donné un coup de main pour démarrer, il
y a René Seydoux, Lucien Rachet, Jean Riboud. Ils
se passionnent pour l'aventure.

René Seydoux, chaleureux, portant beau, a
épousé l'une des trois héritières Schlumberger,
Geneviève. Toute la famille manifeste un fort pen-
chant pour le mécénat, remarquable de la part
d'industriels français. On y collectionne largement
et avec discernement l'art contemporain. Il faut
dire que grâce à un grand-père génial, Conrad,
inventeur de je ne sais quel procédé de forage, on
ne sort pas un baril de pétrole sans que Schlumber-

ger en ait bénéfice. Protestantes, austères dans leurs
mœurs, les trois filles avaient su choisir des maris
essentiellement soucieux de les rendre heureuses et
indifférents au pétrole. De sorte qu'il n'y eut pas
vraiment de guerre de succession, et que tout le
monde tomba d'accord pour remettre les clefs de la
maison si j'ose dire à quelqu'un d'extérieur à la
famille, Jean Riboud.

Lui aussi se serait damné pour une toile de Max
Ernst. Dans sa hiérarchie personnelle, venaient en
tête l'Art et les artistes. Et puis Mendès France, ce
par quoi nous fûmes d'abord rapprochés.

Comme on le voit, ces supporters de *L'Express*
n'étaient pas des gens d'un modèle vraiment courant.

René Seydoux avait trois fils, Jérôme qui a
aujourd'hui de grandes affaires (Pathé, Chargeurs
réunis, British Sky Broadcasting, *Libération* jusqu'à
ce qu'il s'en défasse), Nicolas (Gaumont) et Michel.
Je les ai connus chez leurs parents, encore jeunots.

Voilà qu'un jour, je tombe sur Nicolas... à Hong
Kong. Il me dit : « Il paraît qu'il y a ici les plus belles
nappes brodées du monde, j'ai promis à ma femme
de lui en rapporter. Mais ce n'est pas exactement
ma spécialité ! »

Je connais un magasin. Nous y allons. Je fais
déployer quelques nappes, j'en retiens quatre, je
laisse Nicolas hésiter, méditer. Enfin il en choisit
deux, très belles. Le vendeur commence à en faire
un paquet. Nicolas demande : « Qu'est-ce que je
vous dois ? » On lui donne un prix. Et il se fâche :
« Quoi ? Pour deux nappes ! Vous plaisantez ! »
Suit une scène comme je n'en ai jamais vue. Ce
jeune homme timide marchande, il marchande à
mort chaque centimètre carré de ses nappes, le vendeur a beau être blindé, il est estomaqué. C'est qu'il
n'a jamais vu, et moi non plus, un Schlumberger
marchander.

J'ai fait rire Jean Riboud avec cette histoire.

En 1977, j'espérais faire de lui le premier président du centre Pompidou. Giscard m'avait donné son agrément. Il a rêvé dix minutes dans mon bureau, rue de Valois, et puis il a dit : « Je ne peux pas... Je n'ai pas le droit de lâcher Schlumberger... »

Il est mort, jeune encore, dans des souffrances affreuses, probablement consécutives aux mois passés, pendant la guerre, à Buchenwald. C'était un seigneur, Jean Riboud.

L'Express fut une grande aventure pour tous ceux qui en furent les protagonistes. Mais dure, très dure... J'en ai raconté des épisodes par-ci par-là, je n'ai plus tellement envie d'y revenir à la manière dont on raconte sa guerre : « oui moi qui vous parle mes petits j'ai fait la guerre de *L'Express* qui faisait en même temps la guerre d'Indochine et la guerre d'Algérie, et puis aussi la guerre à la IVᵉ République... » Posture risible !

Il me semble d'ailleurs qu'il y a mille ans de tout cela, que le pays dans lequel eurent lieu ces événements s'appelait la France, mais avait peu de rapports avec celui où nous sommes.

C'était un vieil empire colonial qui léchait ses blessures tout en se reconstruisant grâce au plan Marshall lancé par les Américains...

Très peu de Français ont alors leur voiture personnelle, la production ne suit pas la demande ; on manque cruellement de logements, il n'y a pas la télévision, on dénombre beaucoup de grèves orchestrées par le PCF, qui est puissant ; les difficultés matérielles sont lourdes, néanmoins les gens sont gais : ils savent que le pire est passé, que le mieux est devant eux.

Ce qu'on appelle le rayonnement de la France est

assuré par un Normand dont le nom s'étale partout dans le monde en lettres de lumière. Il est aussi connu que Charles de Gaulle. C'est Christian Dior, un couturier. Il a inventé quelque chose qui s'appelle le *new look,* une mode. Cette mode a déclenché un phénomène sans précédent de convoitise internationale, une rage, jamais connue à ce point, de mimétisme. Ses modèles sont copiés, imités dans le monde entier. Mais, quand une femme retourne une robe faite pour elle, à ses mesures, dans les ateliers de Paris, elle s'aperçoit que la robe est entièrement doublée et cousue à la main. L'une d'elles, très connue, voyant cela, s'est écriée : « Ça, c'est la France ! » Tous les magazines américains ont repris cette phrase. La France, c'est-à-dire la détentrice d'un savoir-faire et d'un raffinement inimaginables aujourd'hui.

Personne, dans cette France d'il y a mille ans, ne parle d'économie ou de croissance. Il n'y a pas de page économique dans les journaux, pas même dans *Le Monde*. C'est *L'Express* qui, dès sa naissance en 1953, va frayer un chemin à l'économie dans la presse grâce à la collaboration majeure de Simon Nora.

La France, aujourd'hui, est devenue un pays moderne et même très moderne à certains égards : c'est le pays d'Ariane, d'Airbus, du Minitel (ce pré-internet sur lequel nous nous sommes endormis), de la carte à puces, de l'énergie atomique ; c'est une puissance industrielle complètement restructurée et offensive. Nous avons des points faibles, naturellement, l'un des moins bien connus étant que 40 % de la capitalisation boursière en France est entre les mains d'investisseurs étrangers. Mais enfin, fût-ce avec des larmes et des emplois perdus, ce pays s'est rénové et tourné vers l'extérieur : un Français sur quatre vit désormais de l'exportation de nos produits.

Oui, les débuts de *L'Express,* c'était il y a mille ans... Quand la guerre d'Indochine prend, en 1954, un tour désastreux, les Français savent à peine qu'ils ont un corps expéditionnaire là-bas. Ils ignoreront toujours que le président du Conseil, Georges Bidault, s'est rendu aux Etats-Unis pour « emprunter » une arme atomique afin d'« en finir » avec cette guerre. Reçu à la Maison-Blanche, il s'est entendu répondre trois mots par Eisenhower : « Vous êtes fou ! »

La débâcle de Diên Biên Phu ne peut malheureusement pas passer inaperçue ! La première victoire militaire d'un ancien colonisé sur l'Occident est spectaculaire. C'est un choc. Mais l'arrivée au pouvoir d'un homme neuf, Pierre Mendès France, qui a donné un mois à ses adversaires pour signer la paix à des conditions acceptables, faute de quoi il enverra en Indochine le contingent — ce pari gagné, revêt une immense dimension politique.

C'est pour P.M.F., pour diffuser sa pensée, pour le hisser au pouvoir, que *L'Express* a été créé. S'agissant de politique, il dit des choses simples, fortes, claires, qui touchent parce qu'elles sont vraies. C'est peut-être ce qu'il a de plus remarquable : quand il parle, on le croit, tant on se sent assuré qu'il n'y aura dans ses propos ni démagogie ni mensonge. Il ne triche jamais. S'exprimant chaque semaine à la radio, il devient très populaire, surtout parmi la jeunesse. Mais le torrent irrépressible de la décolonisation va l'emporter. A peine a-t-il réussi à traiter avec Bourguiba, dans les meilleures conditions, l'autonomie de la Tunisie, des troubles graves se produisent en Algérie en novembre 1954. Aurait-il su lui, arrêter la guerre affreuse qui va s'ensuivre ? En tout cas, écarté du pouvoir, il n'en a pas eu l'occasion.

Et on va en reprendre pour huit ans !

Contrairement à l'Indochine, qui n'excitait que

les communistes, mais laissait le gros de la population indifférent, la guerre d'Algérie va mobiliser des passions. Entre autres raisons, parce que les hommes y sont appelés et que personne n'a envie de voir son fils, son mari ou son frère expédié sur cette galère. Mais il est bien d'autres motifs d'engagement et même d'exaltation. Entre les camps qui se forment, la frontière est très prononcée qui sépare les partisans de l'« Algérie française » — de la guerre de reconquête, en somme — et les autres. Parmi ceux-ci, en revanche, on trouve toutes les nuances : négocier, oui, mais avec qui ? Susciter d'abord des interlocuteurs qui nous fassent confiance ? Etc., etc. Sont rares, au début, ceux qui parlent d'indépendance.

Mais chacun sait tout cela : les tomates lancées à la tête de Guy Mollet, l'appel à de Gaulle au bout de quatre ans, et puis encore quatre ans pour que la France se sépare de l'Algérie, devenue indépendante, et pour que les malheureux pieds-noirs abusés plient bagage.

Du côté de *L'Express,* ces années-là représentent un investissement total dans le combat pour la paix en Algérie, contre la torture, à travers les plumes de François Mauriac, de J.-J., de Jean Daniel. C'est J.-J. rappelé, donc absent pendant plusieurs mois, écrivant, une fois démobilisé, *Lieutenant en Algérie,* et inculpé devant un tribunal militaire. C'est le journal en plein essor, mais saisi plusieurs fois, qu'il faut faire reparaître avec des blancs à la place des passages censurés. C'est le plastic qui fait sauter tout mon appartement. Ce sont les portes du journal verrouillées, des gardes du corps.

Et puis ce sont des conversations infinies avec les uns et les autres de nos amis politiques. Des pronostics en tous sens. P.M.F. répète inlassablement : « Ce sera Sedan. » Il l'a dit dès le retour de De Gaulle en 1958, il tient à sa comparaison et, a posteriori, elle n'est pas fausse. Mai 68 n'est-il pas un peu le Sedan de De Gaulle ? Mitterrand, lui, est très calme ; il a des nerfs de fer. Gaston Defferre voue une vieille fidélité à de Gaulle à cause de 1940, et il la manifeste en lui envoyant une carte à chaque nouvelle année. Une fois aussi, à je ne sais plus quelle occasion, il le recevra à Marseille.

Bollardière vient dîner à la maison. Le général Jacques Pâris de Bollardière démissionnaire de son commandement en Algérie pour protester contre l'usage de la torture. En juin 1940, il a été l'un des premiers militaires à rejoindre de Gaulle. Il est très beau, avec son visage aux yeux bleus bridés, ce visage breton mongol si énigmatique... C'est un héros, un vrai.

Il vous rendrait courage si on le perdait...

13.

UNE MANIFESTATION ENTRE AUTRES. —
LES OBSÈQUES DES VICTIMES DE CHARONNE,
STATION DE MÉTRO DEVENUE SYMBOLIQUE. —
C'EST L'OAS QUI A TUÉ. — LA GUERRE EST FINIE.

Sur cette photo-là, nous sommes assez vilains, les uns et les autres. Au premier plan, P.M.F. et Mitterrand. Derrière eux, J.-J. et moi. Nous formons la tête d'un cortège qui va assister aux obsèques des victimes de Charonne, en février 1962. La plus grande manifestation populaire jusqu'à celles de mai 68.

La tension est grande.

Charonne, qu'est-ce que c'est ? Une station de métro parisienne devenue un symbole. Depuis quelques semaines, l'OAS déchaînée a commis une série d'assassinats et d'attentats à Alger et à Paris. C'est ainsi qu'une petite fille habitant chez André Malraux a été touchée. Elle a perdu un œil. Les gens sont furieux et las. Dix mille personnes se sont réunies à la Bastille pour le dire. La police charge. Ceux qui se trouvent près du métro s'engouffrent dans l'escalier pour se protéger. Mais la grille a été fermée. Ils continuent cependant à s'entasser et sont pris dans un piège. Alors, un groupe de quelques hommes, une trentaine, commence à les matraquer. On retrouvera neuf morts, dont trois femmes et un jeune enfant.

Longtemps on a attribué, comme toujours, ces morts à la police. Puis on a retrouvé dans les archives de l'OAS le compte rendu de la mission...

De Gaulle et Pompidou, en pleines négociations avancées avec les Algériens, restent totalement indifférents aux morts de Charonne. Aucune enquête n'est ouverte. Un vent d'indignation souffle alors sur Paris. Le jour des obsèques des victimes de Charonne, c'est une foule immense, digne, écœurée qui manifeste.

Pendant que je marche, un petit problème trivial me traverse l'esprit : où vais-je aller coucher ? Il n'y a plus un mur debout chez moi. Même chose chez Hubert Beuve-Méry, le directeur du *Monde*, et chez Sartre. Il y a plus grave que d'aller coucher à l'hôtel, et beaucoup souffrent plus que moi de cette guerre, mais quand donc va-t-on en finir de ce cauchemar, ce long cauchemar de la décolonisation qui dure depuis 1945 !

La « queue », si je puis dire, de la guerre d'Algérie est épouvantable. Mes sympathies ne vont vraiment pas à l'OAS ni aux Borgheaud et autres Sérigny. Mais comment être insensible au sort des Français d'Algérie précipités avec leur valise sur un bateau après avoir été longtemps bernés par la volonté exprimée de garder l'« Algérie française » ? Et comment être indifférent à la révolte de ces officiers qui doivent rendre les armes dans une guerre qu'ils ont matériellement gagnée ? L'OAS avait fait ce qu'il fallait pour qu'aucune cohabitation ne fût plus possible entre Français et Algériens.

Horrible période ! Si encore l'Algérie, riche de son pétrole, s'en sortait décolonisée, indépendante et démocratique, on y penserait autrement. Mais ses maîtres bornés ont gâché toutes les chances économiques du pays avec une politique à la soviétique... Après quoi, le terrorisme islamiste a pris la relève... Et puis, ce rôle si ambigu de l'armée...

Tout de même, l'Algérie s'est industrialisée, ces dernières années, et le terrorisme paraît se tasser un peu... Quand on se sent pessimiste sur ce que l'islamisme réserve, il faut ouvrir le livre de Gilles Kepel, *Jihad*. Tout ce qui paraît à la fois menaçant, confus, voire inintelligible en Iran, au Soudan, en Turquie, en Egypte... et bien sûr en Algérie, tout cela s'éclaire. On a l'impression d'être intelligent. Il sait tout, Kepel. Et il n'est pas pessimiste.

Mais je n'en peux plus d'entendre parler de l'Algérie ! De m'entendre parler de l'Algérie... Je retrouve, à le faire, cette sorte d'écœurement dans lequel on finissait, à l'époque, par se sentir englué.

Pratiquement, cette période héroïque de la décolonisation, dont *L'Express* avait été l'une des voix, dura dix ans. Ensuite, il fallut passer à un exercice d'un genre tout différent : adapter le journal à la nouvelle donne politique, lui imprimer un nouvel essor, saisir ce qui, désormais, allait faire combat. L'Europe, pour commencer.

Il s'agissait, en somme, d'inventer un nouveau journal. Question de vie ou de mort : on était de nouveau dans l'optique « commando »...

14.

NOUVELLE ÉTAPE, NOUVEAU COMMANDO
POUR ADAPTER *L'EXPRESS* À UN NOUVEAU COMBAT,
CELUI DE L'EUROPE. — JE TRAVAILLE COMME UN BŒUF.
— QUELQUES RÉFLEXIONS SUR LE JOURNALISME ET
SON AVENIR.

Je suis farouchement européenne. J'ai fait ce chemin seule, après la guerre, pour évacuer ma haine de l'Allemagne dans l'action.

J.-J. est ami et admirateur de Jean Monnet.

P.M.F., en revanche, n'a pas su se déterminer quand le Parlement a dû se prononcer, en 1954, pour ou contre la CED, la Communauté européenne de défense. L'affaire traînait depuis des années, soulevant l'hostilité déchaînée des gaullistes et celle des communistes : on ne pouvait faire à l'URSS l'offense d'une défense européenne sans risquer qu'elle se fâche ! P.M.F. n'a donc pas pris parti, lui, le chef du gouvernement. C'était l'attitude la plus inattendue de sa part, et, naturellement, la CED est rejetée.

Simon Nora triomphe ; sa femme Léone, en revanche, journaliste à *L'Express,* que nous avons « prêtée » à P.M.F. pour le temps du gouvernement, est désolée. Il y avait beaucoup de passion autour de tout cela...

Pourquoi j'en parle ici ? Parce que, peu de temps avant sa mort, j'ai dîné avec P.M.F. Nous avons évoqué plein de souvenirs et, tout à coup, j'ai entendu ceci :

« Sur la CED, vous auriez dû insister, Léone et vous ! »

J'ai cru rêver, lui ai fait répéter. Insister ! Il avait bien dit *insister* ! On nous voit insister, deux femmes sans crédit politique, sur un sujet pareil, auprès du chef du gouvernement le moins influençable qui soit ?

J'ai éprouvé presque du remords de notre réserve, tant il y avait, dans sa remarque, reproche et regret ! Qui sait comment l'histoire aurait pu tourner ?

Dix ans après, donc, en 1964, la bataille pour l'Europe était encore à l'ordre du jour — elle le sera toujours —, mais il s'agissait de la mener, parmi d'autres, dans la nouvelle formule du journal.

Si douloureuse qu'ait été à certains égards la transition entre les deux formules, c'était un défi professionnel stimulant. Au reste, personne n'y croyait. Les augures du métier nous prédisaient l'échec et se réjouissaient à la pensée de nous retrouver caquet rabattu. Ceux qui nous avaient quittés parce qu'ils désapprouvaient la mue du journal allaient en disant tristement que nous y perdrions notre âme...

Honnêtement, je n'ai jamais senti mon âme en danger dans cette affaire. Ce sont plutôt les capitaux réunis par les Servan-Schreiber pour financer l'opération qui couraient un gros risque. On se ruine très vite, avec un journal. En l'occurrence, ce fut tout le contraire. *L'Express* est devenu en quelques années, pour ses propriétaires, une source

de richesse considérable... et même inimaginable !
Ce sont les gaietés du capitalisme. De l'utilité, aussi,
des bons gestionnaires...

J'aurais pu posséder quelques actions de cette
mine d'or, mais je les avais refusées. C'était
contraire à ma morale.

Pour autant que je sache, J.-J., lui, a tout flambé.
Il n'était pas homme à se soucier de faire fructifier
une fortune. D'une générosité sans limite, j'imagine
qu'il a été largement pillé...

Chacun de nous avait une idée précise de ce que
devait être la nouvelle formule de *L'Express*. Heureusement, c'était la même, quoique à l'époque
nous ne fussions pas au mieux. Mais, devant la difficulté de faire saisir par la rédaction ce que nous
désirions, J.-J. m'a dit, impatienté :

« Il n'y a qu'une solution : il faut réécrire tous les
papiers pour qu'ils voient concrètement ce que
nous voulons. »

Je l'ai fait pendant une dizaine de numéros, et,
peu à peu, les choses se sont mises en place.

C'est une technique, le journalisme, ce n'est pas
un art, ni un succédané de la littérature, comme on
le croit parfois. On peut communiquer une technique, même si cela ne se fait pas en trois mois. Je
m'y suis beaucoup astreinte, dans ma vie professionnelle, avec des femmes, des hommes, et j'en ai
tiré un vrai plaisir quand je les ai vus progressivement décrisper leur plume, ramasser leurs phrases,
construire un texte. Oui, j'ai bien aimé cet aspect
de mon métier. Cela donne de plus grandes satis-
factions, croyez-moi, que de présider des conseils
d'administration, ce que j'ai d'autre part enduré
assez souvent dans ma vie.

De qui n'ai-je pas remis un texte en forme pendant les grandes années de *L'Express* ? Ni Mauriac, ni Sartre, ni Malraux, ni Camus, bien sûr : ils n'avaient pas besoin de moi. Ni Mitterrand, dont la plume a toujours été souveraine. Mais les autres, tous les autres, dans toutes les spécialités !... Même J.-J., qui a un sens très vif de la mise en scène et du mouvement, écrit parfois un français barbare. Mendès France, bien sûr, qui s'inclinait en maugréant mais en concédant : « Vous avez raison, c'est mieux dit... » Toute une collection de gens remarquables qui pensaient bien et qui écrivaient comme des universitaires qu'ils étaient parfois...

Je me souviens d'une double page sur Victor Hugo que j'ai fait refaire deux fois à Jean-François Kahn ! Il était brillant, pourtant, Jean-François, mais là, quelque chose ne marchait pas : la construction. Je me souviens de Jacques Derogy, merveilleux investigateur, qui ramassait tellement d'informations qu'au moment d'en faire la synthèse il calait, ne savait pas les organiser...

Pourquoi, moi, je savais ? Mystère. Je ne l'ai appris nulle part. Mais, un jour, un professeur — australien je crois — a entrepris de décortiquer tous mes articles et d'expliquer ligne à ligne comment ils étaient faits. Même travail sur les textes de J.-J. Le tout a été l'objet d'un livre à l'usage des étudiants de je ne sais plus quelle université. J'ai été ahurie par ces révélations. C'était comme si on m'avait dit : « Voilà ce que vous faites quand vous marchez... » De quoi trébucher sur-le-champ !

Néanmoins, ce livre me fit réfléchir. J'en conclus qu'il passait à côté de l'essentiel, et que, écriture mise à part, qui ne s'explique ni ne s'enseigne mais vient d'une part mystérieuse du cerveau, ce dont j'avais bénéficié, c'était une formation de scénariste du temps où le cinéma racontait des histoires. Du rythme, pas de longueurs ni de digressions, une narration tendue où tout doit faire avancer l'action, sur tapis roulant : c'est cela que j'avais en quelque sorte incorporé. Quand je l'ai compris, j'ai su transmettre ce bout de savoir, en sus de quelques principes de base concernant l'information et qui sont connus de tous (ce qui ne signifie pas qu'ils soient respectés).

Mais je n'ai aucune envie de me poser en juge des journalistes. Ils travaillent comme tout le monde ou presque, aujourd'hui, dans des conditions où très peu d'autorité s'exerce encore sur eux. Ils sont beaucoup plus responsables qu'autrefois. A certains égards, c'est bien. A d'autres égards, l'indépendance du journaliste qui n'obéit qu'à lui-même, c'est moins bien. Ici on dérape, là on dérive, ailleurs on diffame ; de temps en temps, c'est voyant, on écrit n'importe quoi. Et c'est inévitable quand personne n'est jamais rattrapé par son fond de culotte au bord d'une bourde dans l'information ou le jugement...

C'était autrefois le rôle de ces rédacteurs en chef chevronnés qui ont fait carrière sur leur chaise, pleins de cette culture particulière que dispense une longue expérience dans le journalisme, et qui ne laissaient rien passer. A voir ce qui s'écrit, je crains qu'on ne fasse plus jamais d'observations à personne. Moi, je veux bien appeler ça du beau nom d'indépendance, mais cela fait un peu penser au mot de Sacha Guitry : « Tu ne veux dépendre que de toi. Tu te rends compte de qui tu dépends ? »

La conjugaison du journaliste incontrôlé et du juge d'intruction incontrôlable, couple tout nouveau de la presse, donne aussi des résultats... intéressants ! Je ne connais pas la hiérarchie, l'organisation interne de tous les journaux, loin de là, et je n'irai donc pas plus loin ; mais je rêverais que les journalistes eux-mêmes sollicitent la présence dans leur rédaction d'un Œil — je veux dire quelqu'un qui ait l'expérience dont je parlais, qui lise *toute* la copie dans son dernier état, et qui en juge sous l'angle de l'exactitude des informations, de leur pertinence...

Cet « Œil » existe au *New York Times*. Existait, en tout cas, du temps où il m'arrivait d'écrire pour ce journal. Et c'est ainsi qu'un jour il se passa ceci :

J'envoie l'article demandé sur Picasso. Premier télégramme du *NYT* (le fax n'existe pas encore) : « Etes-vous sûre de son âge ? Nous n'avons pas le même. » Je réponds : « Oui, j'en suis sûre. » Deuxième télégramme : « Vous ne donnez pas la date de son premier mariage. » Je l'envoie. Troisième télégramme : « Pouvez-vous préciser qui est ou qui sont les enfants de quelle mère... » Je peux préciser, mais je me retiens pour ne pas ajouter un mot ironique.

Quelques jours plus tard, je reçois le supplément du *New York Times* qui contient mon article. Et qu'est-ce que je lis ? « PICASSO, BY FRANÇOISE GIROUX » ! Ils m'ont collé un X à la place du D ! Comme quoi, tout le monde peut se tromper, même le *New York Times*. Quand j'ai téléphoné, il y a quelqu'un qui a dû prendre, là-bas, un fameux savon !

Tout cela, qui n'est pas sans importance, est peu de chose à côté de la menace qui pèse sur la presse et plus généralement sur l'imprimé. Il faudrait, pour en parler judicieusement, un cerveau capable d'anticiper les effets d'internet dans les dix ans à venir. Je ne le possède pas. Je n'ai pas les réponses, je n'ai que les questions.

L'imprimé, sur papier ou sur une matière souple analogue, facile à transporter, à plier, existera-t-il encore ? Pas sûr. Une hyperintoxication par l'écran est en voie de développement, qui devrait tendre à éliminer toute autre voie pour lire, se distraire, s'informer et, bien sûr, communiquer. Un petit écran personnel incorporé au portable y pourvoira. O volupté !...

Dans cette hypothèse, que signifiera « fournir de l'information » ? Rien de commun avec ce que nous connaissons. Il y aura probablement trois ou quatre fournisseurs mondiaux comme le sont aujourd'hui Reuter, l'AFP ou AP, qui traiteront des gros événements d'intérêt supposé général. Mais il y aura des milliers, des millions d'individus qui diffuseront leurs informations à eux, de toute nature, et ce, en toute liberté. Nous y sommes déjà : cela va du ragot de village à la prophétie apocalyptique. Il y a et il y aura de tout, vraiment de tout. Qui se privera de communiquer ?

Ce qui disparaîtra, avec le journal imprimé, c'est l'analyse, la réflexion, le commentaire, la distance, les éléments de connaissance non immédiatement utilisables, ce qui participe de la culture... Il n'y aura plus de demande pour un tel journal. En règle générale, tout ce qui dépassera dix lignes sera incomestible pour les jeunes lecteurs de demain. Déjà aujourd'hui...

Les individus ne vont pas tous se résigner d'un coup à cette déculturation. Il restera des réfractaires, comme il est resté longtemps des gens qui pratiquaient la chasse à courre. (Paul Valéry emploie quelque part cette comparaison.) Ces personnes-là exprimeront une demande, exerceront une pression, représenteront un marché, une clientèle, et il est tout à fait imaginable que se fassent à leur intention un ou deux journaux imprimés qu'ils recevront chez eux, écrits dans une bonne langue par de bonnes plumes, et véhiculant une véritable substance.

Ce serait amusant d'imaginer le premier journal à l'intention des déserteurs de l'électronique !

Se garder de décréter qu'une telle évolution sera catastrophique, même si l'on est pour sa part allergique à la vie par écrans interposés. Il faut que progrès se passe — progrès technique, veux-je dire, il n'y en a pas d'autre... Quoi que Jean-Jacques Rousseau et Kant nous aient seriné, et quelle que soit la belle chanson de la République, il n'y a jamais eu, nulle part, progrès humain : l'homme n'est pas perfectible. Mais il sait faire de beaux jouets pour se distraire de sa condition. En ce moment, nous sommes gâtés. Essayons d'en profiter !

15.

JE N'AI PAS UNE TÊTE DE PROPRIÉTAIRE ET
REFUSE DE LE DEVENIR. —
MES RELATIONS AVEC L'ARGENT SONT INFANTILES.

Mon œil est émoustillé par une photo indéchiffrable : je me découvre déguisée en chanteur noir, avec smoking blanc et chapeau-claque, dans une sorte de parc. Sur la même photo, j'identifie Gene Tierney et Geneviève Fath habillée en petite fille. Et je me souviens...

Nous sommes à une grande fête costumée chez Jacques Fath, le couturier, sur le thème des Années folles, et c'est très gai. On donnait de belles fêtes, alors, dans les années 1950. Moins polluées par la publicité d'une personne, d'un produit, d'une marque, que celles d'aujourd'hui où on finit par ne plus savoir si l'on est invité par un shampooing ou par un portail.

La fête est de tous les temps, dans toutes les cultures elle est nécessaire aux humains. Mais nous faisons un stage — prolongé — dans la culture de la compassion et de la repentance. Du coup, la fête prend mauvais genre.

La nouvelle génération est en train de changer cela. Elle n'a nullement mauvaise conscience quand elle fait la fête, et elle la fait énormément.

Je jette cette photo. La suivante — un ami américain — est accrochée à une enveloppe par un trombone. Bizarre... Dans l'enveloppe, un billet de 50 dollars et deux mots sur une carte : « *Merci. Mike.* » J'avais dû les lui prêter un jour, à Paris. Il faut être un peu folle pour garder 50 dollars dans un tiroir de photos !

Je le reconnais humblement, mes relations avec l'argent sont névrotiques. Je n'en suis pas fière. C'est que j'en ai beaucoup manqué. Petite fille, j'avais peur de traverser la rue sous les yeux de la bouchère chez qui notre compte s'allongeait. Et j'ai enragé quand on a mis le sautoir en or de ma grand-mère au clou. A moins de quinze ans, j'ai apporté mon premier salaire à ma mère : 800 francs. Ce jour-là, le roi n'était pas mon cousin. Elle, elle a pleuré. Et puis, incorrigible, elle a couru acheter du champagne. Ah, j'ai de qui tenir !

Après, au cours de longues années, il m'a toujours manqué un sou pour faire un franc... Notre luxe, c'était la musique, les concerts, l'Opéra. Un galant de Douce, ma sœur, en raffolait, il nous emmenait partout. Ce garçon si musicien, si gai, si généreux est mort à Auschwitz.

Vers dix-huit, vingt ans, comme toutes les greluches en ce temps-là j'aurais dû chercher à capturer un mari. A tous les échelons de la société, le « bon mariage » était l'objectif suprême des filles. Le seul qu'on leur offrait d'ailleurs. Les garçons, eux, pouvaient rêver, dire je serai explorateur, je serai pompier, je serai architecte. Les filles, à peine nubiles, classées objets fragiles, apprenaient que leur fonction était de trouver une cage, aussi dorée que possible, pour y couver leurs œufs. Bizarrement, alors que je rêvais de beaux vêtements, de parfums, bref, de l'inaccessible, j'ai été odieuse avec les hommes fortunés qui se présentaient. J'ai raconté ailleurs comment j'avais découragé un quasi-fiancé en le jouant aux dés.

Ce n'était pas le signe d'un caractère aimable, mais, à travers les tribulations de ma mère, harcelée par ses créanciers, obligée de supplier l'un ou deux de mes oncles pour qu'ils lui tiennent la tête hors de l'eau, j'avais conçu un sentiment simple et vif : qui a l'argent domine l'autre.

Ce sentiment, ou plutôt cette conviction, ne m'a jamais quittée. Il est à l'œuvre, sous nos yeux, tous les jours. En ce temps-là, c'est ce qui m'a gardée de céder aux yeux doux de tel ou tel soupirant. L'un d'eux était vraiment cousu d'or ; il exploitait des mines d'uranium. Je ne pensais pas les choses aussi clairement que je les écris ici, mais un profond mouvement — du cœur ? de l'âme ? de l'esprit ? — m'interdisait de me placer sous domination, en dépendance. Dans les pires moments de dèche que j'ai connus plus tard, je ne l'ai jamais regretté. L'« Homme en or », lui, en a été mortifié. Je suis restée pour lui une énigme dont il n'a cessé de parler jusqu'à sa mort. « Une folle, disait-il, je lui aurais tout donné... »

Plus tard, j'ai été bien payée, j'ai gagné de l'argent avec des dialogues de films, mais je n'ai jamais été capable d'épargner dix francs. J'aurais dû : mes enfants avaient encore besoin de moi, je pouvais avoir un accroc de santé, mais le seul mot d'épargne me faisait rire.

Un jour, Pierre Lazareff (qui était lui-même le roi des paniers percés) voulut me persuader que je devais acheter un appartement :

« *France Soir* vous donnera le premier versement, me dit-il, vous paierez par mensualités et vous serez propriétaire ! »

Pourquoi diable cette idée lui était-elle passée par

la tête, me concernant, je ne sais, mais le seul mot de « propriétaire » me fit bondir. Avais-je une tête de propriétaire ?

J'étais raide, en ce temps-là. Et, il faut bien le reconnaître, un peu infantile.

J'abrège ce récit affligeant.

Pendant que je faisais la ministre, entre 74 et 78, et que j'avais donc le dos tourné, J.-J.S.-S. a vendu *L'Express* à Jimmy Goldsmith pour une somme colossale. Personne n'a jamais compris pourquoi, et lui-même n'a jamais été capable d'expliquer ce geste insensé, jamais. Aujourd'hui, je me demande s'il n'était pas déjà atteint par les prémices du mal qui allait plus tard ravager son esprit.

Et moi ? Avais-je été vendue avec *L'Express* ? Oui, je faisais partie du lot, mais un nouveau venu à la rédaction, Raymond Aron, s'y opposa. Il voulait le pouvoir, tout le pouvoir. Normal. En somme, j'étais virée.

Passons sur les sentiments que cela m'inspira. Dans ses *Mémoires*, Aron rapporte cet épisode de façon inexacte. Je le lui ai fait remarquer. Informé, il en est convenu et, quelques jours avant sa mort, a envoyé un rectificatif à Bernard de Fallois, son éditeur, « pour une prochaine édition ». Je n'ai jamais eu la curiosité de vérifier s'il y a eu prochaine édition.

Aron et Goldsmith mangent les pissenlits par la racine, aujourd'hui, et ils m'ont fait, sans le savoir, sans le vouloir, un cadeau royal. Vingt années salariée à *L'Express*, cela représentait un droit à des indemnités consistantes. Cet argent-là, je l'ai pris. C'était mon travail qui l'avait généré. Je n'allais pas en faire cadeau à Goldsmith qui, de surcroît, renâclait (il fallut que J.-J. frappe sur la table...).

Ce fut le début de ma réconciliation avec l'argent. Elle est presque achevée, mais elle n'a jamais complètement effacé, dans quelque recoin de mon cerveau, l'angoisse du compte à découvert, ma plus fidèle compagne...

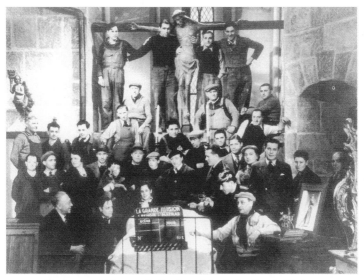

Un document très rare : la dernière photo de *La Grande Illusion*,
toute l'équipe technique réunie autour de Renoir.

D. R.

Avec Jacques Becker
pendant le tournage d'*Antoine et Antoinette*.
Ph. Michel Brodsky. D. R.

Mon père dans *The Evening Mail* du 21 août 1918.
D. R.

Avec Saint-Exupéry, je ne sais ni où ni pourquoi.
D. R.

Une des multiples photos de J.-J. où nous sommes ensemble.
J.-J. est très photogénique. Il ressemble comme un frère à Robert Redford.
© A.F.P.

Les débuts de François Mauriac à *L'Express*.
© Les Reporters Associés.

Réunion politique en 1974 organisée par Georges Suffert,
il me semble dans la perspective de l'élection présidentielle.
© L'Express/J.-P. Guillaume.

Les réunions se suivent et ne se ressemblent pas.
Ph. Gamma/Ch. Simonpietri.

Alex Grall, mon professeur de Bonheur.
D. R.

Avec Raymond Barre.
On s'entendait bien.
D. R.

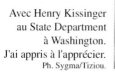

Avec Henry Kissinger
au State Department
à Washington.
J'ai appris à l'apprécier.
Ph. Sygma/Tiziou.

Entre Jean Monnet et Bertrand de Jouvenel pour fêter les *Mémoires* de Monnet.
D. R.

À Los Angeles pour remettre la Légion
d'honneur à Jean Renoir, mon vieux maître.
Ph. Gamma.

Robert Badinter en 1977,
sortant du procès de Patrick Henry.
D. R.

La solitude du coureur de fond...
© L'Express/J.-P. Couderc.

16.

CE QUE JE SAIS DES VRAIS RICHES
— QUI NE SONT PAS NOMBREUX —
ET DU POUVOIR QU'ILS POSSÈDENT D'ASSERVIR.
— A FUIR ABSOLUMENT.

Les riches, les vrais, les grands, ne sont pas en France très nombreux. Moins qu'en Allemagne, en Grande-Bretagne, et aux Etats-Unis bien sûr. Néanmoins, il y en a. On les trouve répertoriés de temps en temps dans la presse économique à partir de données beaucoup moins claires et rigoureuses que dans les enquêtes américaines analogues. De gros poissons doivent naviguer dans les eaux noires de l'anonymat, mais enfin, grosso modo, on connaît le peloton de tête.

Les lecteurs découvrent, parfois avec surprise, que la première fortune de France appartient depuis des années à une femme. Ils seraient encore plus étonnés s'ils la rencontraient. Liliane Bettencourt (L'Oréal, Nestlé), héritière unique du fondateur de L'Oréal, est une personne discrète, douce, effacée, qui n'a jamais fait parler d'elle et porte plutôt comme un boulet cette fortune que d'autres se chargent de gérer et qui ne cesse de prospérer. Un magazine français la rétrograde cette année d'une place, parce qu'elle serait dépassée par Bernard

Arnault. Mais la fameuse liste Forbes, qui fait référence en la matière, persiste. Liliane Bettencourt reste en tête. Evaluation basse : 100 milliards.

Du côté des hommes, ce n'est pas le même style. Il y a cinquante ans, les grands riches ne se montraient pas, sinon entre eux, dans leurs lieux réservés, et en haut-de-forme gris sur les champs de course où, souvent, ils faisaient courir. Dans les années 1950, les seules figures de grands riches connues du public étaient Marcel Boussac et Marcel Dassault.

Les choses ont changé en même temps que de vieilles fortunes s'écroulaient et que des fortunes neuves s'édifiaient. On trouve aujourd'hui les grands riches photographiés dans les magazines qu'on lit chez le coiffeur ou chez le dentiste, et tous les médias répercutent l'écho du conflit apparemment inexpiable qui oppose deux des premières fortunes françaises : François Pinault et Bernard Arnault, le premier évalué à 90 milliards, le second à 98 milliards par Forbes.

Jean-Luc Lagardère, Jean-Marie Messier, Martin Bouygues, Vincent Bolloré, pour ne citer que les plus remuants, sont cités tous les jours à propos de tel achat, telle fusion, telle prise de capital, amicale ou pas, de l'un chez l'autre. Bref, la petite famille des grands riches ou aspirant à l'être fait partie du décor français. Thierry Desmarest, le patron de Totalfina, se serait bien passé de la publicité que lui a apportée le triste feuilleton de l'*Erika,* alors que sa trajectoire le menait au plus haut ; mais il n'y a pas de vie sans accident, même tout ouatée d'euros.

Les grands riches ne se ressemblent pas. Bouygues et Bolloré sont des héritiers, l'un simple dans ses manières, l'autre plutôt insolent, spécialiste des « coups » superbes d'où il se sort chaque fois avec deux ou trois milliards d'argent de poche. Arnault, polytechnicien sec et volontiers arrogant, qui truste le commerce de luxe, n'a pas supporté le coup que lui a fait François Pinault en rachetant Yves Saint Laurent et Gucci. Ça le rend fou. Il n'aura pas de paix avant qu'il n'obtienne une revanche. En attendant, il spécule sur le net et, pour se détendre, joue du piano. Il est bon musicien.

François Pinault, d'origine modeste et ne le cachant pas, n'a eu besoin d'aucun diplôme pour dominer ce qu'on appelle la distribution, la Redoute, la FNAC entre autres choses, il est présent dans toutes les technologies nouvelles à travers Artémis, Saint Laurent est sa danseuse, dans la télévision à travers TF1, il est partout.

Sympathique, il peut être très dur mais aussi chaleureux et généreux, c'est un fameux amateur d'art. Arnault et Pinault jouent tous les deux à « plus mécène que moi tu meurs ». Ils financent quasiment toutes les grandes expositions françaises. J.-M. Messier s'est placé, lui aussi, sur le créneau du mécénat : le festival d'Aix-en-Provence, à la pointe du snobisme, lui doit tout ou presque. Il n'a pas lésiné. C'est bon pour son image et il adore la musique.

Polytechnicien comme Arnault et de surcroît inspecteur des Finances bien que d'origine simple, Messier a fait une montée en puissance spectaculaire. Très sûr de lui, avec un physique d'enfant de chœur qui le fait ressembler à Philippe Bouvard, Messier c'est Vivendi soit un pied partout, dans l'eau, le téléphone, le cinéma, la télévision, la presse et même les studios de Hollywood, il achète, il vend, il emprunte, il jongle, il va très vite, c'est l'image de l'Entrepreneur dans le siècle. Naturellement tout peut craquer avant que cette page ne soit imprimée.

Jean-Luc Lagardère c'est la génération précédente... Mais il reste beau et ressemble à d'Artagnan. Une carrière dans la fabrication et la vente d'armes (Matra) menée avec patience et détermination l'a conduit à régner aujourd'hui sur l'Aérospatiale et le groupe Hachette, journaux et livres (plus Europe 1). Mais il avait une grosse envie de télévision depuis un échec retentissant avec la défunte Cinq. En même temps, il redoutait d'y remettre la main. C'est son fils Arnaud qui l'a entraîné dans une association avec Canal +.

Lagardère adore les chevaux ; Pinault possède, parmi d'autres merveilles, une admirable collection de Rothko, le peintre américain plus qu'austère, métaphysique ; Martin Bouygues est fou d'orchidées et les cultive dans ses serres. Tous ont de belles maisons, cela va sans dire. Mais, hors la volonté dévorante de faire la course en tête, qui leur a servi de carburant, ce qu'ils ont en commun, c'est un mode de vie particulier.

Ils ne circulent qu'à bord de leur avion privé. Et, comme ils ont des rendez-vous sur tous les points du globe, il leur arrive fréquemment de se faire conduire, par exemple, de Paris à Milan, de Milan à Francfort, de Francfort à Londres, de Londres à Madrid dans la journée. Ils vivent dans des cabines aménagées à cet effet, où ils peuvent dormir, travailler, téléphoner. Une vie qui achève de déconnecter les grands riches de la vie. Ce sont des Martiens qui se rencontrent, se combattent, s'associent, se trucident entre Martiens.

Ma méfiance à l'égard des grands riches et du pouvoir qu'ils possèdent d'asservir a traversé les années et n'a cédé que devant l'un d'eux. Je ne dirai pas son nom, pour ne pas le compromettre. Appelons-le, par commodité, Berg. Le père et le grand-père de Berg, grands collectionneurs, étaient déjà fortunés. Berg a appris tout petit où était le beau, où le raffinement, où la qualité. Et le devoir. Son devoir de riche. Fauve parmi les fauves, il est, hors de ses affaires, extrêmement civilisé. Sa générosité en direction de la recherche médicale est réputée, mais c'est la moindre des choses, me semble-t-il. Quoi d'autre ? C'est simple, « nous devons être exemplaires, dit-il. L'époque est vulgaire, convenez-en. Il faut entretenir et préserver des lieux de beauté, d'harmonie, de luxe, où l'art soit chez lui, les artistes soutenus, les femmes bien habillées, les verres en cristal, le champagne parfait... Qui fera cela, sinon des riches, comme vous dites ? Ce que l'on donne à boire aux gens sous le nom de champagne, me révulse. Pas vous ? On est en train de gâter le goût de tout un peuple ! »

Cher Berg... Un jour, je lui ai dit : « Chacun a son bon communiste, ou son bon juif. Vous êtes mon bon riche. »

Il a ri.

On connaît le fameux échange entre Scott Fitzgerald et Hemingway :

« Qu'est-ce que les riches ont de plus que nous ? se demande Fitzgerald, qui est fasciné par l'espèce.

— L'argent », répond Hemingway.

Ils ont surtout l'effet que, très généralement, ils produisent : mélange de respect et d'humilité, comme s'ils appartenaient à une espèce particulière qui peut mordre quand elle se fâche ou, au contraire, vous lustrer de sa lumière lorsqu'elle vous adopte.

Souvent, ceux qui gravitent autour des riches ne sont même pas intéressés. D'ailleurs il n'y a rien à en attendre, sauf qu'ils emportent votre paquet de cigarettes si vous le laissez sur la table. Non, eux jouissent de les connaître, de pouvoir laisser tomber leur nom ou, mieux, leur prénom dans la conversation, et ils s'inquiètent de n'être pas invi-

tés à telle ou telle occasion. Serait-on en disgrâce ?
Horreur !

J'ai le souvenir d'un déjeuner chez Marcel Boussac, au faîte de sa gloire, auquel j'assistais avec
Pierre Lazareff. Boussac triomphait alors avec le
sacre de Christian Dior, coqueluche internationale,
qu'il avait eu le flair de financer. Il se targuait maintenant de répéter l'opération avec un autre couturier. Autour de la table, chacun prodiguait ses
applaudissements.

— Et vous, madame, j'espère que votre journal
soutiendra Pierre Clarence comme il a soutenu
Dior », me dit Boussac.

En vérité, il n'en doutait pas.

« Votre poulain n'a pas l'envergure de Dior, cher
monsieur, et je ne vois pas où serait sa clientèle »,
répondis-je.

Silence de mort. Pierre se contorsionnait sur sa
chaise. Boussac s'est levé pour mettre fin au déjeuner et m'a tourné le dos.

Pendant le café, j'eus l'impression d'être une pes-
tiférée. On ne me voyait plus. J'étais devenue trans-
parente.

Dans la voiture, en rentrant, admonestation de
Pierre :

« Enfin, vous vous rendez compte, mon chéri, de
ce que représente Boussac ? On ne lui parle pas
comme ça ! Vous devriez lui envoyer un petit mot
d'excuse, un peu drôle... »

Je me serais plutôt coupé la main.

L'échec de Pierre Clarence, que n'importe qui
aurait pu prévoir, fut retentissant.

17.

POURQUOI LA MODE EST FLOTTANTE ET
COMME DÉSEMPARÉE.

La haute couture m'a beaucoup occupée, en ce temps-là, à cause de *Elle* qui en était le porte-drapeau. On ne peut pas imaginer aujourd'hui ce que représentait, deux fois par an, le numéro spécial « Collections » de *Elle*. Les femmes se jetaient dessus, et pas seulement elles, tous les professionnels de la mode ! C'était un album de photos sublimes, faites par les plus grands, les premières reproductions autorisées des modèles présentés par les couturiers. Enfin on allait savoir ! Savoir s'il fallait rallonger, raccourcir, serrer, desserrer, boutonner, déboutonner, porter du noir, du rouge, du gris... On rêvait, on mourait de désir, on courait chez sa couturière, le journal à la main. La tyrannie de la mode était totale. Aucune femme ne songeait à s'y soustraire quand elle renouvelait son plumage, au printemps, à l'automne. Beaucoup savaient coudre (moi, par exemple). Après la tornade Dior, ma première jupe *new look*, je l'ai taillée de mes mains, et j'en ai fait quelques-unes pour mes amies. Qui aurait osé se montrer genou découvert à la fin de 1947 sans mourir de honte ?

C'est cette pression-là qui a disparu et qui a fait

voler en éclats à la fois la mode et cette notion d'élégance dont la France avait le leadership. Je vois beaucoup de jeunes femmes ; elles se mettent n'importe quoi sur le dos, qui pendouille plus ou moins. Elles ne sont pas riches, mais elles pourraient porter un pantalon et un T-shirt noirs, tout simplement. Non ! Elles se couvrent de nippes comme si elles voulaient dire : « Ce n'est pas parce que je suis une fille que je dois me préoccuper de plaire... »

On exprime toujours quelque chose avec ses vêtements. Quand on pense comment, en d'autres temps, on a exalté le chic de la Parisienne... Elle est bien morte, celle-là ! Mai 68 est passé par là — dans le monde entier, d'ailleurs — avec une révolte à la fois contre les symboles de la féminité, les soutiens-gorge — « qui volaient », souvenez-vous ! — et tout ce qui faisait « bourgeois » : les bijoux, les fourrures... Rien à voir avec l'élégance, plutôt avec l'argent, mais on a confondu.

Un refus, aussi, de toutes les formes d'autorité. Pourquoi obéir à ce que les journaux appelaient « les oukazes des couturiers » ? Liberté, créativité personnelle, expression de soi étaient les nouveaux mots d'ordre, avec des résultats quelquefois surprenants, mais tout cela était très gai, à la fin !

Devant cet ouragan, un seul homme a eu l'intuition fulgurante de ce qu'il fallait faire : introduire le pantalon dans la garde-robe des femmes. C'était Yves Saint Laurent. Le mot « succès » est tout à fait insuffisant pour désigner ce qui s'est passé depuis lors, chacun en est encore témoin.

Les autres couturiers ont souffert, et Paris a perdu son sceptre, d'ailleurs sans qu'une autre capitale le ramasse. Milan est candidate. Mais personne ne dit plus « la » mode. C'est plus ou moins à chacune la sienne, avec un vague fonds commun alimenté par des confectionneurs qui font tout fabriquer en Italie. Pour stimuler la cliente, on essaie de démoder ses vêtements de la saison précédente en jouant sur la carrure — et, en effet, un peu plus large, un peu moins, ça marche...

Mais jamais les Françaises n'ont consacré une plus faible part de leur budget à leurs vêtements, au bénéfice des voyages notamment. Provisoire ? Définitif ? Reverra-t-on jamais Emma Bovary, par exemple, ruinant son mari en robes pour retenir un amant ? Essaie-t-on encore de garder un homme par des robes étourdissantes ? Peut-être. Allez savoir...

Vers 1950, j'ai fait une longue interview de Christian Dior pour un journal américain. Il était timide, pudique, difficile à interroger. Il me donna rendez-vous pour déjeuner chez lui, dans sa maison du Midi. Il faisait très chaud cet été-là. Je n'avais aucune robe convenable pour me présenter chez lui.

« Nous allons en faire une, me dit ma mère. Il y a un coton rayé très joli au marché Saint-Pierre... »

Les premiers mots que m'adressa Dior en me recevant furent :

« Comme cette robe est bien coupée... D'où vient-elle ? »

Music for my ears... Elle était vraiment réussie, cette robe de trois sous !

Parfois, j'ai pensé que j'avais raté ma vocation, que, comme ma mère, j'avais « quelque chose dans les mains ». Mais, à la fin, à part la cuisine et le bricolage, elles m'ont essentiellement servi, ces mains, à taper sur un clavier.

Pour écrire à propos de la mode, comme cela m'est arrivé si souvent à une certaine période, il faut comprendre quelque chose à la mécanique des femmes, aux rapports qu'elles entretiennent avec leur corps, avec leur âge, avec les hommes, bien sûr, et c'est alors très intéressant. Tous ces rapports ont beaucoup changé — les rapports de séduction, en particulier. Or, une mode n'est jamais que l'expression d'un moment d'une société. Il est donc normal qu'elle apparaisse aujourd'hui flottante et comme désemparée.

18.

LA CAUSE DES FEMMES À *ELLE*, COMBAT FEUTRÉ ; LA CAUSE DES FEMMES À *L'EXPRESS* : COMBAT DÉCLARÉ.

Maintenant, une photo que j'ai longtemps gardée sur mon bureau. C'est Hélène Lazareff dans les premiers temps de *Elle*.

J'ai toujours aimé les Russes, j'en ai même épousé un : leur grain de folie, leur sentiment tragique de la vie conjugué au goût de la fête, leur musique, leurs chants, leur charme... Dans les années 1945-1950, j'ai passé des nuits dans les boîtes russes de Paris avec Kessel, celles où chantaient ces Tziganes qui vous tordent le cœur. Kessel était sombre, ivre, magnifique avec sa tête bouclée et cet étrange regard bleu insaisissable : il posait ses yeux à la hauteur de votre front... Mon mari me déchaussait, et buvait du champagne dans mes bottillons.

Hélène était russe à la puissance dix. Elle perdait tout, oubliait tout, vivait brouillée avec l'heure, et, au sein de ce désordre, possédait une véritable puissance créatrice. Cette femme de toute petite taille — elle marchait sur la pointe des pieds pour se grandir — était une force.

Moi, j'étais organisée, exacte, rigoureuse — ennuyeuse, en somme. Et pas spécialement gaie.

La guerre a pesé sur moi bien au-delà de 1945. Auschwitz et Hiroshima ont eu raison de mon optimisme fondamental. Et puis j'ai eu une petite fille, un bijou, et la vie a été la plus forte...

Nous avions, Hélène et moi, des relations mieux qu'affectueuses, à la limite du passionnel, nourries d'estime réciproque pour nos talents respectifs. Mais nous n'étions pas d'accord sur tout. Hervé Mille, grand journaliste de l'époque — qui a créé, entre autres, *Match* —, taquinait Hélène, après chaque numéro de *Elle*, en disant : « Elle s'en tire, hein ? Elle n'aime pas la France, elle n'aime pas les femmes, et elle fait le meilleur journal pour les femmes françaises ! »

Ce n'était pas entièrement faux. Elle avait passé cinq ans aux Etats-Unis, pendant la guerre, et en rapportait, dans *Elle*, le parfum à peine prématuré. S'annonçait la « société de consommation » où, symbole des symboles, les lectrices de *Elle* n'auraient plus, dans leurs armoires, de lourdes piles de draps blancs, orgueil d'un trousseau, mais des draps en coton américain de toutes les couleurs...

Les draps et tutti quanti ne me dérangeaient pas, malgré mon goût résolument français pour le beau linge de maison. Non, c'est ailleurs que nous divergions.

J'avais, des femmes, une vue assez conventionnelle, mais teintée par les tribulations de ma mère et mes années de travail dans le cinéma. J'y avais bien réussi, poussée par Jacques Becker, j'avais fait mes preuves de scénariste, j'en étais au point où, si j'avais été un garçon, j'aurais eu l'ambition légitime de mettre en scène. Ambition alors irréalisable pour une fille. Le pauvre Pierre Braunberger, ce pionnier, me le proposa, des années plus tard, mais j'avais pris une autre route.

Je ne me sentais pas « féministe », puisque

j'aimais bien la compagnie des hommes. J'avais un mari intelligent et très civilisé, qui ne m'a jamais fait subir la moindre tyrannie, et ce fut réciproque. Nous avions une servante, comme il était encore courant à l'époque, de sorte que je n'ai pas eu à lui mettre les mains dans l'eau de vaisselle. Je ne doute pas qu'il l'aurait fait avec autant d'élégance que de répugnance. (L'incroyable, c'est qu'aujourd'hui, dans des foyers qui sont loin d'être démunis, la machine à laver la vaisselle n'est pas entrée ! A croire que les femmes sont masochistes...) Donc, dans ma vie privée l'Homme n'était pas mon ennemi, comme le proclament encore certaines Américaines.

Mais, dans ma vie professionnelle, j'avais vu ce que j'avais vu : des escouades de machos et de grands cons vaniteux, des femmes esclavagisées — et je ruais.

Hélène était à cent lieues. Comme journaliste, elle avait été, dès ses débuts, la femme du patron, ce qui protège de quelques désagréments, et elle pensait profondément que les femmes sont sur terre pour séduire des hommes, puissants et prospères de préférence, et pour les garder. Elle a créé *Elle* dans cet esprit : comment être belle de la tête aux pieds, séduisante des pieds à la tête, et devenir une délicieuse captatrice d'hommes. La maison, la cuisine, les enfants, bien sûr, on était obligées d'en parler, puisque le lectorat, parmi lequel se trouvaient peu de femmes actives, en avait le souci, mais ce n'était pas le cœur du journal.

Je n'avais rien contre la séduction, loin de là. Mais j'aurais aimé dire autre chose aussi...

Sur ces entrefaites, je fus invitée à Bruxelles, dans le cadre des « Grandes Conférences catholiques », à parler des femmes, justement. Je ne fis pas scandale, mais jetai seulement quelque émoi par mes propos qui remportèrent un franc succès. Hélène voulut lire le texte de cette conférence. Et, comme elle était journaliste avant tout, sachant capter l'air du temps, quelque chose de neuf fut introduit dans le journal ; quelque chose comme de l'insolence. Mais je crus que Pierre Lazareff allait s'évanouir quand il découvrit, certaine semaine, une double page titrée : « Elle a choisi la liberté... » racontant l'histoire d'une femme qui se trouvait dans l'actualité, je ne sais plus laquelle, et qui avait divorcé. Il s'écria : « Vous allez perdre toutes vos lectrices de Bretagne ! Vous êtes folles ! »

Que tout cela paraît lointain, comme irréel...

J'ai beaucoup de gratitude pour les Lazareff, pour tout ce qu'ils m'ont donné de tendresse, tout ce qu'ils m'ont enseigné, aussi. Mais quand je tentai de pousser un pion timide à propos de la contraception, Pierre émit un « non » catégorique, et dit : « On ne parlera jamais de contraception dans mes journaux, et on ne dira jamais du mal des chiens ! » Quand j'ai écrit, dans un journal du groupe, un portrait un peu enlevé d'Antoine Pinay, qui était alors président du Conseil, Pierre, crucifié — car il n'avait rien d'un censeur —, enleva tout de même quelques mots de la pointe de son crayon. Pinay lui téléphona. Il prit l'appareil en tremblant, s'attendant à une semonce, et il entendit :

« Dites-moi, Lazareff, cette Françoise Giroud, est-ce qu'on peut l'inviter à dîner ? »

C'est lui qui me l'a raconté, hilare et soulagé.

Les femmes, donc.

A *L'Express*, j'étais entièrement libre, et c'est de là que j'ai mené campagne pour la contraception, pour la pilule, lorsque, aux entretiens de Bichat, des médecins ne trouvèrent rien de mieux, pour la torpiller, que de déclarer qu'elle enlaidissait ! Puis pour le droit à l'avortement, quand Jacques Derogy fut exclu du Parti communiste par Maurice Thorez parce qu'il l'avait défendu. Mon article s'appelait « Les malades du samedi soir », allusion à celles qui se faisaient avorter le samedi pour n'être pas obligées d'aller travailler le lendemain.

Parallèlement, j'ai eu le bonheur de pouvoir pousser dans le journalisme politique, rigoureusement fermé aux femmes, deux jeunes personnes qui ont fait parler d'elles : Michèle Cotta et Catherine Nay — outre Irène Allier, mais celle-ci était plus âgée, et déjà expérimentée. Fortement stimulé par J.-J.S.-S., ce trio irrésistible s'est introduit en force dans le milieu politique.

Catherine était belle comme le soleil. Pourquoi cette longue fille blonde, d'allure royale, venant de son Périgueux natal, avait-elle décidé d'être journaliste, et plus particulièrement journaliste à *L'Express,* je ne sais pas. Mais je n'ai connu personne de plus obstiné — sauf moi, peut-être... Elle ne savait rien faire, et certainement pas écrire. Rédiger trente lignes, les soirs de bouclage, la ravageait. Souvent elle pleurait quand on lui faisait recommencer ses trente lignes.

Elle ne savait pas écrire, mais, ici ou là, perçaient quelques mots, une formule lapidaire qui révélaient une aptitude. En fait, elle avait — elle a toujours — de l'esprit, un esprit caustique très efficace. Elle nous a fait rire, rire en nous racontant sa vie de jeune fille à Périgueux !... Mais, quand elle écrivait, c'était plat, sans couleur. Souvent, je lui ai dit, pour la taquiner, qu'elle s'était déguisée en grande blonde indolente, mais qu'en réalité elle était une petite brune piquante. Un cas assez rare de divorce complet entre un physique et ce qu'il recouvre.

Peu à peu, la petite brune piquante a pris le dessus, et Catherine, acharnée à travailler, acharnée à réussir, s'est révélée. Elle a appris ce qu'était l'information, et il faut bien dire que pour la recueillir auprès du haut personnel politique, son physique n'était pas un handicap. Elle a superbement réussi sa carrière, à la radio et avec ses livres. Elle vit avec l'homme qu'elle a toujours aimé et qui fut ministre. Je n'en sais pas davantage sur sa vie privée.

Michèle Cotta — petite brune piquante pour de vrai, elle ! — n'était pas tout à fait débutante quand elle entra à *L'Express*, mais presque. Douée, ambitieuse, la séduction même, elle y a fait les plus humbles besognes, sans renâcler, mais c'était manifestement un animal politique, spécimen assez rare parmi les femmes, et dotée d'une vraie culture politique. Elle a fait une carrière magnifique, variée ; elle a eu, elle a des pouvoirs. En même temps, elle a vécu, elle a joui de la vie, elle a aimé les hommes, elle a hurlé de douleur quand elle a perdu son garçon d'une terrible maladie, on a pu la croire cassée, elle a su regrouper ses forces, repartir...

Leur ai-je enseigné quelque chose ? Probablement, mais je ne sais pas quoi. Peut-être des choses qui n'avaient pas un rapport direct avec le journalisme, plutôt avec la vie...

Mais l'important n'est pas là. Il est dans la qualité des rapports humains qui ont existé entre nous pendant quelques années.

C'est un bonheur de travailler avec des femmes — ou un malheur : il n'y a pas de milieu. Quand elles sont bêtes, méchantes ou faiseuses d'embrouilles, elles le sont furieusement, plus que les hommes. Mais quand elles sont bien... Tout est plus simple avec elles, elles ne portent pas leur ego en bandoulière, elles sont exactes, dans le travail ne comptent pour elles que les résultats, et on rit beaucoup ensemble.

Bref, le commando de choc de *L'Express*, premier dans l'histoire de la presse, fit sensation.

Il faut voir qu'à l'époque il n'y avait pas une

femme à la rédaction du *Monde* — ou peut-être une s'occupant de spectacles —, pas une femme à la rédaction du *Figaro*, et pas une femme chef de service à *France Soir*, seulement des reporters, mais jamais en position d'autorité.

Si elles n'ont pas encore conquis aujourd'hui les premiers postes dans les journaux, c'est pour une raison principale : elles n'en détiennent pas le capital. C'est par là que ça passe : l'économie, toujours. L'économie qu'elles sont loin d'avoir colonisée, comme la magistrature ou la médecine. Mais enfin, elles ont fait du chemin dans les médias, comme on dit... Néanmoins, c'est encore dur pour la plupart, y compris les meilleures. Je dirais même que plus elles sont bonnes, plus on les barre. La rivalité est féroce.

Je ne sais pas ce qu'il en est dans les autres professions, mais je présume qu'on ne s'y fait pas non plus de cadeaux. Parfois, les femmes s'en plaignent. Mais on ne peut pas avoir le beurre et l'argent du beurre. C'est toute la question de la relation actuelle et future entre hommes et femmes — indépendamment de la relation amoureuse, qui est encore une autre histoire.

On me dit parfois : « Vous ne vous rendez pas compte, vous êtes tombée sur le seul homme capable de mettre une femme à égalité avec lui à la direction d'un journal, et de tenir comme ça vingt ans ! » Je me rends parfaitement compte. Mais enfin, cet homme n'est quand même pas un objet de musée. L'exceptionnel, c'est que cela se soit passé il y a plus de quarante-cinq ans.

On nous présente les hommes d'aujourd'hui comme de pauvres chats déstabilisés par des amazones qui leur font peur. Il y en a certainement. Il

y a des victimes d'attentats à la virilité, comporte-
ment que certaines femmes considèrent comme
une face de leur liberté. C'est subtil, l'attentat à la
virilité, cela ne peut même pas se décrire, c'est dans
l'attitude, la voix, dans cette façon de faire sauter
les braguettes... C'est aussi dans les mots, bien sûr.
Il y en a de glaçants, prononcés par des filles qui
remettent leur petite culotte.

Tout le monde a le droit, mais il ne faudrait pas
parler de ces choses-là en termes de droits. Il faut
savoir ce que l'on veut. Si l'on veut des hommes cas-
sés, c'est faisable : voir les Suédois dont les femmes
disent, méprisantes, « ils sont mous ».

Je ne crois pas que l'idéal, dans la vie d'une
femme, soit d'avoir un ou des hommes « mous ».
Alors il faut essayer autre chose. J'ai assez
confiance dans la sensibilité des Françaises pour
croire qu'elles trouveront le mode d'emploi des
hommes inquiets, ou parfois fragilisés, et je crois
que cela se fera en collaboration avec les hommes,
qui désirent eux aussi trouver le mode d'emploi des
femmes d'aujourd'hui.

Mais ils et elles feront ça tout seuls. On ne peut
pas les y aider. Ils doivent créer une nouvelle relation humaine, la plus fondamentale.

Je crois aussi que, plus la vie s'allongera, plus elle
se découpera en séquences. A l'âge où l'on a besoin
et envie de la présence d'un homme ou de plusieurs,
à l'âge où l'on a charge d'enfants, succédera celui
où l'on vit mieux en compagnie d'une femme : on
habite ensemble, on partage le loyer, on s'entraide,
on se remonte réciproquement le moral, on ne
s'éreinte plus à séduire, à retenir, on dit tout le mal
qu'on pense des hommes, ces monstres si fatigants,
on sort ensemble, au cinéma, au théâtre, on éteint
quand on a sommeil, ni après ni avant...

Cela viendra peut-être, au rythme auquel se mul-
tiplient les femmes solitaires. Mais ce qui appar-

tient à la culture anglo-saxonne n'appartient pas forcément à la française. A travers orages, déstabilisations et divorces, nous persistons, femmes et hommes, à nous aimer les uns les autres, fût-ce par défaut. Raison de plus pour chercher un nouveau modus vivendi, les bases d'un nouveau contrat. Sinon, nous risquons d'aller vers une société très dure, de femmes seules et autoritaires, où les hommes se consoleront avec des poupées gonflables...

19.

QU'EST-CE QU'UN HOMME ?
— POURQUOI ON Y TIENT ? —
POUR VOUS TENIR CHAUD L'HIVER ?

Qu'est-ce qu'un homme ? A la fois mon double et mon contraire. Nous sommes pareils et autres, donc impuissants à nous connaître vraiment et si proches en même temps...

S'il faut les mettre au pluriel, j'ai déjà écrit quelque part que les hommes ont de grands pieds et des petites lâchetés, ce par quoi ils se distinguent des femmes.

Ils ont été le sel et le sucre de ma vie pendant quarante ans, après une longue période triste dont je ne retiens pas un seul souvenir heureux. Je travaillais parmi des hommes, uniquement des hommes, la plupart me couraient après. Comme souvent à cet âge de la vie, autour de vingt ans, je ne savais pas qui j'étais et je haïssais cette image de moi-même que me renvoyaient les hommes qui rôdaient autour de moi. « Avec toi, on ne doit pas s'ennuyer au lit ! » me lança un jour un metteur en scène. Ce n'était pas méchant, c'était odieux.

Fondu enchaîné : à trente ans, j'ai été réconciliée avec les hommes par l'un d'eux, et aujourd'hui je mourrai en leur rendant grâces de l'amour qu'ils m'ont donné, des plaisirs, des émotions, des joies que je leur dois.

Je n'ai jamais eu besoin d'un homme pour me payer des robes, mais j'ai eu besoin de l'Un, de l'Autre ou du Suivant pour me dire que dans ces robes j'étais objet de désir. C'est une fonction importante de l'homme qui aime une femme.

J'ai tout appris des hommes comme les hommes apprennent tout des femmes. Globalement, ils sont souvent intelligents, surtout en France à tous les échelons de la société, rarement courageux et toujours dominés par cette chose molle qui leur pend entre les jambes et dont on a envie de dire, quand ils en usent sans discrimination : « Ce n'est pas leur faute. C'est comme les chiens... »

Une femme peut être ahurie quand elle découvre, chez un homme qu'elle croyait bien connaître, à quoi le conduit sa quête éternelle de réassurance (ou quelque chose d'autre que je ne sais pas).

Les hommes sont chasseurs par nature. C'est trop leur demander d'y échapper. Mais, si la société le tolérait, ils ne rompraient jamais, ils cumuleraient. Un pacha sommeille en chacun. Alors qu'en règle générale une femme qui change de partenaire ne veut même plus savoir que le précédent a existé.

Aujourd'hui où les femmes draguent, on peut se demander si viendra le moment où elles s'aligneront toutes sur le modèle mâle. Toutes, je ne crois pas. Affaire d'appétit... Les femmes ne violent pas.

Il faut d'ailleurs distinguer entre l'homme de modèle courant et le chasseur pathologique. L'espèce est assez répandue et se révèle parfois là où on l'attend le moins. Qu'est-ce qu'ils ont ? Allez savoir... Incapables de se retenir, tout leur est bon. Méprisables ? Il ne faut pas exagérer, mais pitoyables, assurément, encore qu'ils aiment parfois cette vie bizarre qu'ils se font, trompant, mentant de tous les côtés, ne sachant plus où ils couchent. Bizarrement, il y a toujours une femme pour penser qu'Elle, elle le guérira, Elle, elle saura le retenir... Lui, de sa plus récente conquête il arrive qu'il dise, extasié : « Elle m'a guéri des femmes... » Ça dure un mois.

Aimer un tel homme n'est pas un cadeau. On ne s'habitue jamais.

On peut faire l'amour bien, mal, très bien, très mal, passionnément, médiocrement, mais peut-on *faire l'amitié* avec un homme ?

Certainement. Ce ne sont pas des amitiés « pratiques », comme on en voit de solides entre femmes, où l'on se rend service, où l'on s'appuie l'une sur l'autre. L'homme qui vous donne son amitié, il est bon qu'il vous ait d'abord désirée, et puis... Eh bien, voilà, ce n'est pas arrivé, et ça n'arrivera plus, mais il en est resté un quelque chose d'impalpable. Qui quelquefois l'attendrit. L'homme-ami n'est pas très répandu, on peut rester sans le voir, mais il est là, au téléphone quand vous voulez...

L'homme est fatigant. S'il a été bien élevé par sa mère, il peut se montrer coopératif dans les questions ménagères. Mais il n'aime pas ça. D'ailleurs, qui aime ça ? S'il a été mal élevé, traité en petit pacha dont la mère est la servante, plus tard il devient invivable, atteint dans sa virilité dès qu'on lui demande de laver trois verres, attendant de toute femme qu'elle reproduise avec lui l'attitude maternelle : Un garçon ? Amour béat, on lui passe tout ! Une fille ? Tu pourrais bien m'aider !

La responsabilité de celles qui élèvent les garçons est énorme.

A la maison, l'homme est bruyant, il prend de la place, sème le désordre, laisse les draps de bain mouillés traîner par terre. A moins qu'il n'appartienne au genre maniaque et ne supporte pas la vue de votre brosse à cheveux... Que l'homme ait de bonnes manières, de la délicatesse ou une épaisse couche de goujaterie fait à l'évidence une certaine différence dans le quotidien de la vie. Aussi faut-il se garder du goujat, le fuir avant d'en arriver à la salle de bains ! Au reste, partager un lit ne devrait jamais condamner personne à partager une salle de bains...

Dur, aussi, quelquefois, de partager un bureau. Dans les entreprises où elles se sont introduites à tous les échelons de la hiérarchie — sauf le plus élevé... —, les femmes sont venues bousculer la vieille donne où on les tenait tout naturellement à l'écart des responsabilités, donc de l'autorité. Secrétaires mises à part, les patrons ne voyaient jamais une femme.

Il y aurait aujourd'hui un dépliant à faire sur l'homme-patron et les femmes, dans toutes ses postures : terrorisé, jouant les durs, faisant du charme, se méfiant, se méfiant énormément... La gamme est infinie, tant la femme en position d'égalité, de supériorité ou de rivalité est fondamentalement troublante pour certains. HEC devrait dispenser un cours à ce sujet.

La rivalité à la maison, ce n'est pas simple à vivre non plus. Situation plus élevée, salaire plus fort pour elle, le cas devient fréquent. Les hommes vivent cela très mal, quelquefois. Atteinte directe à leur virilité ! Attention : ils peuvent devenir très dangereux. Ils peuvent aussi être très malheureux. Toutes les ressources de l'intelligence, de la sensibilité, de la tendresse doivent être mobilisées pour vivre une telle situation sans casse. Cet effort, c'est l'une des précautions que les femmes doivent prendre, en attendant qu'ils ne soient plus des petits garçons.

Ça peut être long.

Mais cet homme parfois puéril, parfois goujat, désordonné, cavaleur, menteur, puant le cigare et quoi encore, cet homme, qu'est-ce qu'il a pour qu'on y tienne tant ? Il tient chaud l'hiver ?

Les biologistes vous diront que c'est une question de phéromones... Alors tout bascule, la rencontre est foudroyante. C'est le coup de foudre.

Je veux bien croire que l'amour est biologique, mais, dans la séduction que des hommes peuvent exercer en dehors de l'attrait physique, il y a quelque chose de particulier, me semble-t-il, qui est propre à l'espèce masculine : c'est qu'elle rêve.

La dimension créatrice — d'idées, d'images, d'ambitions folles —, c'est masculin. Le rêve de l'impossible, c'est masculin. L'utopie, c'est masculin. Le désir éperdu de changer le monde, c'est masculin. Le bâtisseur de cathédrale, même si nous n'avons plus grand-chose de sacré à mettre dedans, c'est un homme qui a rêvé. Et saint Internet, priez pour nous !

En état d'effervescence intellectuelle, le rêveur est tuant. Ses pareils le sont tous plus ou moins, enfouis dans leurs pensées et vidant la salière dans la compote, ou bien surexcités. Autrement, c'est un compagnon facile à vivre : il est ailleurs.

Tous les hommes, le jardinier comme l'ingénieur, portent en eux une étincelle créatrice. Pour qu'elle jaillisse, il faut quelques conditions propices, mais le feu est là.

Les femmes ? Elles l'ont noyée dans la cuisine et les travaux d'aiguille, ceux qui leur étaient permis. De très rares effrontées ont bravé les interdits. Ce sont des cas. Elles se sont énormément rattrapées depuis Marie Curie, mais il leur manque encore une dimension de la création : l'imagination. Peut-être vont-elles à l'avenir en déployer des flots, comme on commence à le voir dans le domaine scientifique ? Je le crois.

La compétition va être chaude. Mais, si j'avais vingt ans, fille ou garçon, cela me paraîtrait franchement excitant d'inventer ensemble une nouvelle façon de s'aimer...

Car c'est bien d'abord de cela qu'il s'agit, n'est-ce pas ?

De s'aimer et, si possible, pour un couple, de durer.

20.

UN NOUVEAU CONTRAT ENTRE HOMMES ET FEMMES EST NÉCESSAIRE. IL EST EN TRAIN DE S'ÉLABORER.

Je cherche dans mon fouillis la photo d'un couple qui, à la surprise générale, est en train de craquer alors qu'on le croyait en béton. Il serait indiscret de le nommer. Ce ne sont pas des inconnus.

Ils sont égaux, puisque aucun des deux ne domine l'autre. Ils exercent tous les deux un métier rémunérateur, mais lui plus qu'elle. Ils ont décidé une fois pour toutes comment ils se partageaient les frais de la famille. Il y a deux enfants élevés avec grand soin.

L'antique contrat non écrit qui liait leurs grands-parents par le mariage stipulait que le mari s'obligeait à assurer l'entretien de sa femme et de ses enfants, que la femme s'obligeait à la fidélité et ne risquait donc point de porter l'enfant d'un autre. De cette obligation-là, le mari était exonéré. Ses infidélités étaient plus que tolérées. Celle de l'épouse, punie de façon parfois sauvage.

Tout cela ne tient plus.

Les raisons qui ont fait aux femmes obligation de fidélité ont disparu : entre les contraceptifs et l'analyse de laboratoire qui révèle si l'on est oui ou non l'enfant de son père supposé, il n'y a plus, le cas échéant, que contrainte morale. La loi et les mœurs établissent aujourd'hui l'égalité, c'est-à-dire la symétrie dans les droits et les devoirs. C'est difficile à vivre, comme toujours la liberté, quand on devient responsable de soi, mais on ne va pas s'en plaindre !

Mon couple modèle a prospéré sur ce schéma d'égalité jusqu'au jour où à trente-cinq ans, elle a eu une aventure d'une nuit, au cours d'un voyage, et le lui a raconté. Leur contrat implicite ne comportait aucune clause de fidélité. Il a répondu du berger à la bergère : « Moi aussi. Pendant que tu étais à Londres. » Ils ont ri ensemble, sans en avoir vraiment envie.

Leur couple a commencé à dériver quand elle s'est aperçue que ce cher compagnon courait, comme on dit, depuis longtemps. Elle n'a pas pleuré, elle l'a même plaisanté, mais elle n'a plus voulu faire l'amour avec lui, c'est tout.

Qu'est-ce qu'ils ont, dit-elle, qu'est-ce qu'ils ont, les hommes ? Moi, je n'ai pas envie de coucher avec tout le monde !

C'est que la symétrie sexuelle n'existe pas. On peut toujours la réclamer comme un principe, mais l'énigmatique agressivité sexuelle chez les mâles est un trait de l'espèce. Rien à faire : la sexualité est asymétrique.

Alors, que devrait à l'avenir être le contrat à ce sujet ? La reconnaissance par les femmes d'une disposition masculine particulière qui demande l'absolution, doublée de la même tolérance pour les femmes, même si elles sont moins avides d'en user ? C'est peut-être la formule non dite qui prévaudra entre personnes très civilisées. On peut déjà l'observer. Elle n'abolit pas les orages du désir ni les morsures de la jalousie aux dents vertes.

JE ME SOUVIENS D'UN AMI TRÈS CHER...

La photo que j'extirpe de mon fouillis tombe à pic : c'est celle d'un homme, Jacques Becker, que j'ai beaucoup aimé d'amitié. Nous nous sommes connus dans *La Grande Illusion*, où il était assistant et moi script-girl.

Personne n'était plus différent de la faune des studios. Protestant, une mère anglaise, je crois, bonne éducation, des goûts raffinés mais pas un sou vaillant, marié, plein d'enfants, il ne pouvait même pas se payer le téléphone. Il n'a jamais travaillé qu'avec Renoir. Entre deux films, il l'attendait. Et puis celui-ci a émigré aux Etats-Unis, pendant l'Occupation, et Jacques Becker a réalisé son premier film, *Goupi mains-rouges*. Dès ce début, il s'est imposé dans un style très personnel. C'était un authentique artiste.

Nous étions très proches du fait de nos similitudes, bourgeois fauchés jouant du jazz sur le piano de l'auberge du Haut-Kœnigsbourg où nous dînions en parlant anglais avec Erich von Stroheim.

Neuf ans plus tard, après la libération de Paris, il y eut un moment étonnant où les rois de la rue n'étaient pas les cyclistes, mais ceux qui disposaient d'une automobile parfois retrouvée enfouie sous la poussière. Becker arrive un matin chez moi et me dit :

« On m'a prêté une Daimler abandonnée dans un garage. Je vais peut-être l'acheter. Venez l'essayer avec moi ! »

Il me demande de conduire. Nous roulons autour des lacs du bois de Boulogne. J'ai oublié de dire que Becker bégayait. Donc, bégayant, il commence une phrase :

« Je dois vous dire quelque chchchchchose : vous êtes lalalalala seule femme au monde qui... »

A cet instant, ma pensée, qui va beaucoup plus vite que son élocution, me dicte qu'il va dire des bêtises, alors qu'elle était belle, notre amitié ! Il finit sa phrase :

« ... la seule femme au monde qui change de vivi-vivitesse à l'oreille ! »

Ouf !

Chaque fois qu'il aura une nouvelle voiture — il en était fou — il viendra me la faire essayer...

Au cinéma, je lui dois beaucoup. C'est grâce à lui que j'ai eu des commandes de dialogues en 1945, c'est avec lui que j'ai écrit *Antoine et Antoinette* qui nous valut LE prix (il n'y en avait qu'un) du deuxième Festival de Cannes.

Qu'est-ce qu'on était contents !

Son œuvre cinématographique — *Casque d'or, Le Trou, Touchez pas au grisbi,* etc. — ne ressemble à aucune autre. Contemporain de ce qu'on appelle « La nouvelle vague », il ne l'a même pas regardée, sinon par politesse. Son univers, sa sensibilité, ses recherches formelles étaient ailleurs.

Je ne sais pas s'il faut dire que Becker faisait du réalisme poétique ou de la poésie réaliste, mais il avait le cinéma au bout des doigts, avec grâce...

Nous écrivions un scénario ensemble lorsqu'il est mort brutalement, d'un ulcère. Je n'ai pas cessé de le porter dans mon cœur.

LE MIRACLE D'UN ÉCHANGE ÉGALITAIRE ENTRE HOMME ET FEMME PEUT-IL SE PRODUIRE ?

Une photo de Marilyn Monroe : je garde. C'est toujours beau à voir. Et qui peut mieux incarner la féminité, donc certains pensent qu'elle est incompatible avec l'égalité ?

Dans *Esprit* (novembre 1999), Claude Habib, analyste perspicace des comportements amoureux, se demande comment les femmes modernes vont supporter l'égalité. Elle écrit ceci :

« Est-il bon que les femmes fassent la loi ? Ou vaut-il mieux qu'elles se plient aux décisions des hommes en acceptant de vivre sous leurs lois ? Ce qui est en question, c'est le désir de domination. Quand une femme aspire à dominer les hommes autant qu'un homme pourrait le faire, que reste-t-il de la féminité ? Telle me semble être la limite naturelle du projet d'égalité. »

Et elle conclut : « Il n'y a guère que l'amour qui puisse produire le miracle d'un échange égalitaire ! »

Certainement. Mais cela existe, l'amour !

Quant au désir de domination, il est féminin autant que masculin, constitutif de tout être humain à des degrés divers. Ce sont les moyens qui diffèrent. Les femmes en ont une assez belle palette.

Le « miracle d'un échange égalitaire né de l'amour » commence à s'observer assez souvent pour que l'on ne désespère pas de nos jeunes contemporains. Assez de choses succulentes vont disparaître avec notre époque — même le chocolat, même les tomates qui ont à présent le goût des navets —, pour ne pas mettre l'Amour dans le même sac avec la Féminité par-dessus ! Sauf manipulation génétique, je crois à leur immortalité. L'attraction physique mutuelle et ce qui s'ensuit de plus ou moins violent, impérieux, grisant, irrésistible, on ne voit pas ce qui pourrait en interrompre le fil déroulé depuis la nuit des temps.

Il est vrai que ce stade-là de l'amour n'est pas éternel et, lorsqu'il tourne court, comme si l'on se réveillait, il vaut mieux se séparer avant de se prendre en grippe. Quelquefois, c'est un peu dur quand le réveil de l'un et celui de l'autre ne sont pas synchronisés, mais c'est la vie, et c'est d'ailleurs ainsi que vivront beaucoup de couples d'aujourd'hui.

Mais, parfois, avant que la passion ne s'épuise en même temps que les sortilèges de la nouveauté, quelque chose apparaît, de différent, de plus lucide et, dès lors, de mieux gouverné, l'amour, où s'installe, quand on est deux à le vouloir, une durable relation d'égalité.

Attention : l'égalité, dans un couple, ne vient pas avec le temps. Elle doit être posée aux premières minutes du premier jour. L'habitude vient au premier geste, dit Platon. Cela vaut pour toutes les relations humaines.

Il ne s'agit pas du tout, en tout cas pas seulement, de se partager les tâches ; les choses vont beaucoup plus loin, plus profond. Il s'agit de respect. D'un respect qui doit être réciproque, évidemment. S'il n'existe pas tout de suite, il n'existera jamais. Alors, adieu l'égalité, et adieu, désormais, à tout lien fort et durable ! C'est qu'entre autres choses les femmes réclament aujourd'hui de la considération.

La question de l'agressivité sexuelle masculine, que soulève Claude Habib pour dire, au fond, l'inaccessible égalité, est plus délicate. Il y a des femmes sexuellement agressives, mais elles sont minoritaires, alors que la propension des hommes à la « conquête » toujours renouvelée est une donnée de fait. La différence sexuelle est irréductible par de belles paroles, et, j'ose le dire, heureusement ! Où serait le plaisir ?

D'abord, la sexualité féminine est généralement lente et aime à être traitée par des artistes. Naturellement, il y a aussi des femmes de feu qui jouissent quand on les regarde. Celles-là se jettent quelquefois sur les hommes, et crac... ils ne fonctionnent pas ! Une femme, souvent ça fonctionne mal, mais le fiasco n'est pas spectaculaire. L'amour-propre, chez elle, n'est pas engagé.

La féminité, la virilité, cela existe donc bel et bien. Mais tous les êtres humains possèdent cette double composante. C'est un jeune philosophe de vingt-trois ans, Otto Weininger, qui aura été le premier à l'écrire, à Vienne, en 1903. Il a eu vent de conversations entre Freud et Fliess. « Il a ouvert le château avec une clef volée », dira Freud... Ce qui est très différent d'un être humain à l'autre, c'est la part respective de chacune de ces composantes, et aussi le poids de l'éducation dans leur éventuel refoulement. Mais le fait est que de ravissantes petites blondes fragiles se révèlent parfois de vrais mecs dans leurs conduites, et de grands balèzes des petites natures.

Tout cela est bien connu, comme l'énergie redoutable des femmes quand elles attrapent quarante-cinq, cinquante ans et qu'effectivement leur féminité strictement biologique a disparu. Mais pourquoi vit-on toujours avec des clichés devant les yeux ? *Femmes* = trente ans, un mari, deux enfants, et un stress terrible pour gouverner tout cela tout en travaillant ? L'image est exacte, mais ne concerne pas, loin de là, toute la population féminine ! A vingt ans aussi, on est une femme ; et même à quinze, aujourd'hui. A quarante, quarante-cinq ans, on a la vie devant soi et ses jeunes enfants derrière soi. Et à tout âge on a, qu'on le veuille ou non, une part de féminité inquiète qui exige d'être aimée et qui, à un moment donné, parfois subitement, aspire à la maternité. Et aussi une part de virilité qui pousse à entreprendre, à agir, à dominer.

Nier les femmes ne les sert pas. D'ailleurs — en France, en tout cas —, elles ne se laissent pas faire.

L'échange égalitaire paraît beaucoup plus hypothétique dès qu'un pouvoir est en jeu. Les hommes vivent mal la rivalité. Pouvoir politique, pouvoir économique, pouvoir scientifique : dans tous ces secteurs, ils tiennent encore les rênes et se sentent menacés. Ça ne les rend pas tendres. Les progrès sont très lents.

Là aussi, il faut faire confiance au passage des générations. Un homme de trente ans n'a pas les réflexes d'un homme de soixante.

Certaines parlent de ce qui est encore grandement insatisfaisant, dans la place faite aux femmes, comme s'il s'agissait d'un simple problème d'adduction d'eau : « Ça ne marche pas ! Qu'est-ce qu'on attend pour réparer ça... » Nous sommes les contemporaines d'une révolution sociale sans précédent, qui ébranle les fondements de la société, de la famille, et on voudrait que ça se passe comme un changement de gouvernement !

Le temps ne pardonne pas ce qu'on fait sans lui. Ce qui n'empêche pas d'être impatiente, de dénoncer les freins, de nourrir de grandes ambitions, de les transmettre aux plus jeunes et d'avoir confiance en soi. L'ampleur du changement, en l'espace de deux générations, est on ne peut plus encourageante.

Quand je suis entrée dans le monde du travail, il était encore très rare — et d'ailleurs mal vu — qu'une fille de la bourgeoisie s'emploie. Ce n'était pas, de ma part, une décision idéologique, mais de pure nécessité. Ma mère était à bout de forces et d'imagination. Sa propre mère vivait encore, c'était une vieille dame très exigeante qui n'avait jamais voulu admettre que la guerre (celle de 14) avait ruiné sa famille. Il fallait l'entretenir. J'ai donc renoncé aux études avant quinze ans pour faire bouillir la marmite familiale, et appris très tôt, par exemple, ce que signifie avoir un patron. Travailler tous les samedis, n'avoir jamais de vacances. Recevoir des ordres.

Il faut avoir été dans une position subalterne, avec toutes les petites humiliations que cela suppose, pour savoir que le monde se divise en dominants et en dominés, et que seuls les dominants respirent. Les filles étaient alors doublement dominées, et les filles pauvres triplement !

Plus tard, beaucoup plus tard, j'ai fait partie des « dominants », puisque j'ai dirigé deux journaux, mais je n'ai jamais oublié l'expérience de mon adolescence et je crois pouvoir dire que personne, travaillant avec moi, n'a été humilié ou écrasé, même symboliquement.

Beaucoup plus tard encore, j'ai été ministre par la

grâce de Valéry Giscard d'Estaing, et j'ai subi, de la part de certains membres du personnel politique, cette condescendance qu'ils réservaient aux femmes du gouvernement. Pas tous, mais quelques-uns... Je ne suis pas sûre qu'ils n'en soient plus là aujourd'hui, mais ils ont affaire à plus forte partie !

Je me souviens d'un petit incident. C'était la semaine de la fête des Mères. Interrogée par les radios, le matin, j'avais dit que je n'aimais pas cette fête, à cause du caractère mercantile qu'elle avait pris. Ce fut un beau scandale ! Je fus interpellée à l'Assemblée : j'avais offensé les mères, offensé les commerçants ! J'étais nulle !

Ça, c'est la vie politique. Il faut apprendre à toujours parler la langue de bois quand une radio, une télévision vous interroge à brûle-pourpoint, à ne dire que des choses conventionnelles qu'on ne pourra pas vous opposer, et surtout pas de « petites phrases » piquantes.

Avant d'avoir appris cela, j'ai eu une autre fois la langue trop longue. C'était à propos des prostituées. Elles avaient formé un petit groupe qui souhaitait me rencontrer. L'information est tombée tard dans la soirée. Un journaliste d'Europe n° 1 m'a tendu un micro dans la rue pour savoir ce que cela m'inspirait. J'ai répondu : « La prostitution, c'est une affaire d'hommes. » Le lendemain, Maurice Clavel, grande conscience « catho » de l'époque, écrivit dans *Paris-Presse* un article sévère qu'il terminait par quelque chose comme : « Françoise Giroud fera peut-être une grande carrière, mais elle n'aura pas un destin. »

Je ne sais pas très bien ce que ça voulait dire, mais, surtout, le personnel politique fut en ébullition. Le sujet « prostitution » est traditionnellement tabou chez les élus, pour des raisons que l'on peut deviner. Chirac, Premier ministre, me téléphona pour me faire des reproches.

« Mais je n'ai rien dit !

— Comment, vous n'avez rien dit ? Vous avez dit que c'était l'affaire des hommes !

— Et ce n'est pas vrai ? — Ne détournez pas la question. Et surtout, plus un mot ! »

Mais les prostituées s'agitaient. On décida de les refiler à Simone Veil, qui fit ce que l'on fait toujours dans les cas embarrassants : elle commanda un rapport sur la question des prostituées à... je crois que c'était un conseiller d'Etat, en tout cas un haut fonctionnaire. Lequel rapport fut enterré.

De mon côté, j'ai eu, hors du ministère, quelques contacts avec des prostituées revendicatrices. Ce qu'elles demandaient n'était pas la mer à boire. Des histoires d'impôts, de sécurité sociale, de procès-verbaux... Pendant un temps, elles furent à la mode ; des personnes de bonne volonté voulurent les aider à se reconvertir...

J'étais sceptique, car j'avais bien connu une prostituée remarquable qui s'appelait Lucette. Elle exerçait son métier à Lyon pendant la guerre. Il y avait là un bar que fréquentaient les journalistes parisiens repliés sur Lyon et où Lucette tenait ses assises. On l'aimait bien, elle nous trouvait des cigarettes au marché noir, elle était drôle et d'une rare intelligence. J'avais beaucoup parlé avec elle. Elle m'avait instruite à la fois sur la misère morale qui accompagne la prostitution et sur les barrières — y compris intérieures — qui empêchent d'en sortir.

En 1976, les tentatives pour aider celles qui voulaient changer de vie — elles n'étaient pas nombreuses — échouèrent. Elles ne pouvaient se résigner à gagner, dans les emplois qu'on leur avait trouvés, cinq fois moins que dans leur précédent métier, elles s'ennuyaient mortellement derrière une caisse ou un comptoir, elles n'avaient plus de copines, elles détestaient se lever tôt... Il aurait fallu

pouvoir accompagner leur vie, et, même ainsi...
Une seule a tenu plus longtemps que les autres et
a changé d'emploi. Je ne sais pas ce qu'elle est devenue.

Je crois que l'univers de la prostitution a changé,
la plus sordide comme la plus luxueuse, mais le sûr
est que, loin de rétrécir, il s'est élargi. Aujourd'hui,
il comprend même une couche de femmes insoup-
çonnées qui la pratiquent comme un droit indivi-
duel à des revenus substantiels.

Ce ne sont évidemment pas les plus nombreuses.

J'ai été aussi ce qu'on appelait alors « fille-mère ».
On ne peut pas imaginer aujourd'hui où cela vous
plaçait dans la société : un peu au-dessous de
putain.

Ça peut rendre très méchant.

Je ne veux pas vous arracher des larmes, seulement dire que c'est peut-être grâce à cette expé-
rience-là que j'ai aidé, dans les années 1950 et 1960,
tant de filles qui travaillaient avec moi à trouver un
avorteur et à le payer. Moi, une fois, je n'avais pas
pu.

Il y a des choses, pour les comprendre, il faut les
avoir vécues. Alors on sort de la compassion, qui est
encore une attitude de dominant — « mon pauvre
petit, ma pauvre petite... » — et on entre dans la
solidarité.

C'est en somme ce que Valéry Giscard d'Estaing
m'a permis de faire avec quelque efficacité en me
confiant la création du premier ministère pour les
femmes. Il fallait une certaine audace pour me
mettre au gouvernement. Je vivais notoirement
avec un éditeur qui n'était pas mon mari — et ce
mode d'existence était encore prohibé. J'avais eu un
fils « hors mariage », comme on disait pudique-

ment. J'étais bien directrice d'un journal, mais d'un journal de gauche. Bref, j'avais tout pour déplaire à bon nombre de gens. V.G.E. a passé outre.

Qu'est-ce qui a bien pu faire de cet homme, issu de la droite traditionnelle, le premier homme politique au monde, et le premier en France, à comprendre que l'insurrection des femmes était une lame de fond qui allait balayer l'ensemble des sociétés ? C'est un grand mystère.

Mais assez sur les femmes, d'hier, d'aujourd'hui et de demain ! J'en ai par-dessus les oreilles, quelquefois...

La seule expression de misogynie virulente dont j'aie gardé souvenir à cette époque, c'est celle du *Canard enchaîné*. Ce gracieux organe, dont j'ai toujours été plus ou moins la cible sans en être autrement affectée, m'avait baptisée « Ménopause café ». Peut-on avoir plus d'esprit ?

23.

Tirée à bout portant.

On ne s'habitue jamais à se faire harponner par la presse, je dirais même : au contraire. Je n'en ai jamais été une victime particulière, mais j'ai connu beaucoup d'hommes politiques de premier plan qui l'ont été, et il semblait que chaque attaque nouvelle tombait sur un tissu fragilisé qui se déchirait encore mieux et saignait aussitôt.

Un homme comme Mendès France, quelquefois, en suffoquait, et bien d'autres.

La première fois que je fus prise à partie, ce ne fut pas dans un journal, mais dans une revue alors prestigieuse, celle de Jean-Paul Sartre, *Les Temps modernes*. C'était il y a un demi-siècle... Je ne jouissais pas alors d'une situation bien considérable, j'étais journaliste et publiais chaque semaine un « portrait » dans un hebdo de l'époque. Une série de ces portraits furent réunis et publiés en volume à la NRF. Succès. Jacques-Laurent Bost, fidèle de Sartre, prit la plume pour me tailler un costume. Je fus à la fois sidérée que les « *T.M.* » fissent un tel cas de moi — en un sens, c'était flatteur —, et que l'on me traitât de la sorte.

J'ai oublié le contenu de cet article qui n'a eu aucune incidence ni sur ma vie, ni sur ma carrière, ni sur mes relations ultérieures avec Sartre, lesquelles furent toujours cordiales, mais qui a sonné pour moi comme un avertissement : en sortant la tête du rang, j'avais pénétré sur un champ de bataille où il y aurait échange de coups. Il fallait savoir tirer.

Je sais.

Parfois on fait mal, c'est inévitable. Pas tous les jours, pas toutes les semaines. Quelquefois. J'ai le souvenir d'une flèche qui blessa au vif un homme contre lequel je n'avais aucune acrimonie. C'était Chaban-Delmas : il était beau, sympathique, et, en 1974, candidat à la présidence de la République, s'en souvient-on ? Sa campagne était détestable. Chacun glosait sur son avenir. Je fus brève et écrivis dans *L'Express* : « On ne tire pas sur une ambulance. » Ceux qui ont vu Chaban lire ces mots ont dit qu'il était devenu tout blanc. Il ne me l'a jamais pardonné.

On peut le comprendre.

24.

TANGO AVEC SARTRE.

J'ai connu Jean-Paul Sartre en 1945, ou peut-être 46, dans des circonstances baroques. Il avait écrit le scénario d'un film, *Les jeux sont faits,* réalisé par Jean Delannoy, qui se passait en enfer... où il aurait dû rester. Ses producteurs, un couple mirobolant, se démenaient à Cannes pour donner à ce film le retentissement que, selon eux, il méritait. Et Sartre, bon type, était venu faire sa promotion, comme on ne disait pas encore.

Il y eut un grand dîner, au Palm Beach, et là, Sartre, en smoking, ses petits cheveux bien collés, me pria de danser avec lui un tango. Ce n'était pas vraiment sa spécialité, mais il s'appliqua énormément, avec un entrain communicatif. Pour finir, ce fut très gai.

C'est à cette soirée que j'ai pensé en entendant Françoise Sagan dire de Sartre, au cours d'une émission de télévision : « C'était un homme *charmant.* » La plus conventionnelle des formules, la plus désuète, la plus sucrée, et cependant, elle lui va comme un gant : il était charmant.

Les années passèrent. Quand je repris contact avec lui, *L'Express* était fondé et faisait grand tapage. Il fut « charmant », comme à l'accoutumée, mais me dit de sa voix douce, policée que Mendès France était un politicien bourgeois, Mauriac un écrivain détestable, *L'Express* un organe idéaliste, et Merleau-Ponty un zozo, puisqu'il jugeait bon d'y collaborer régulièrement. (« Un traître à la cause du peuple », avait dit Simone de Beauvoir à propos de cette collaboration.)

Tout semblait indiquer que nous en resterions là, lui enfermé dans son système, nous dans le nôtre, et le fait est que ce n'était pas exactement le même. *Nekrassov* fut représenté. Je trouvai la pièce ratée, laborieuse, confuse, et je l'écrivis dans *L'Express,* ce qui mit au désespoir deux ou trois des collaborateurs que nous partagions avec *Les Temps modernes.* J'avais pissé sur la colonne Vendôme ! Comment pouvait-on, comment avais-je osé ? Ignorais-je que, dans le clan, on ne tolérait pas la critique, d'où qu'elle vînt ? Que celle-ci serait reçue comme un affront ? Pis : comme une attaque politique ?

Ils étaient en transes.

Trois années passèrent pendant lesquelles nous fûmes surtout requis, à *L'Express,* par la guerre d'Algérie. J.-J. Servan-Schreiber faisait le lieutenant quelque part dans les Aurès lorsque, en octobre 1956, les chars soviétiques entrèrent dans Budapest insurgée. Interroger Sartre à ce sujet tombait sous le sens. Que pensait-il donc de ces bonnes manières socialistes ? Encore fallait-il qu'il acceptât de répondre.

Celui que je lui dépêchai pour recueillir ses propos était lui-même hongrois, particulièrement secoué, donc, et il connaissait Sartre de longue date. C'était François Erval. Il fut reçu sans difficulté. Plus tard, il me dit qu'il avait trouvé Sartre bouleversé. De cette entrevue sortit un texte de mille lignes, impressionnant, le premier grand texte donné par Sartre à *L'Express.*

Il prit ses distances, naturellement. Le chapeau de présentation précisait : « Pour cette rentrée en scène, J.-P. Sartre a choisi *L'Express*. Il tient à marquer nettement que ce choix n'a aucune signification politique : il s'affirme en effet en désaccord avec les positions du journal sur de nombreux points. »

Mais il avait sauté le pas.

On trouve, dans cet entretien, des choses extraordinaires. Ceci, par exemple :

« La faute la plus énorme a probablement été le rapport Khrouchtchev. Car, à mon avis, la découverte publique et solennelle, l'exposition détaillée de tous les crimes d'un personnage sacré qui a représenté si longtemps le régime est une folie quand une telle franchise n'est pas rendue possible par une élévation préalable et considérable du niveau de vie de la population. »

Sartre ne précisait pas à partir de quel PNB le peuple méritait la vérité.

Mais il disait aussi : « On ne peut plus avoir d'amitié pour la fraction dirigeante de la bureaucratie soviétique. C'est l'horreur qui domine. » Et il dénonçait « l'effroyable habitude qu'ont prise les dirigeants communistes de salir d'abord les gens qu'ils tuent ensuite ».

Entre 1956 et 1961, Sartre est intervenu sept fois dans *L'Express* par de longs, très longs textes rédigés de sa petite écriture sage. Il changeait de feuillet dès qu'il y avait rature.

Il n'est jamais venu physiquement au journal. Jean-Jacques ou moi allions le voir rue Bonaparte. Dans je ne sais plus quelle circonstance, Jean-Jacques est allé lui arracher à Rome, où il voyageait, un texte important ; il râlait, mais il l'a fait.

Après l'entretien sur Budapest, il n'a plus jugé nécessaire de se démarquer du journal par des précautions de présentation.

Son premier article fut consacré, en mars 1958, au livre d'Henri Alleg, *La Question*. Le numéro fut saisi.

En mai 1958, il s'agit de répondre à la question : « De Gaulle : oui ou non ? » Pierre Mendès France, François Mauriac, Jean-Jacques Servan-Schreiber et moi-même exprimons chacun des sentiments mélangés. Mendès France écrit : « Nous vous avons confié la République et la Nation. Vous avez laissé des ambiguïtés et des équivoques dans votre attitude à l'égard des événements et des hommes d'Alger... » Sartre, lui, ne prend pas de gants. Mais, pour écrire sur de Gaulle — ce qui le démange, puisqu'il y revient quatre fois —, il se tient dans les hauteurs, les hauteurs du ton. Par exemple :

« Le lien qui doit nous unir à lui — dévouement, fidélité, honneur, respect religieux —, il porte un nom : c'est la foi jurée qui unit la personne à la personne, ou, si l'on préfère, le lien de vassalité. Je ne prétends pas que cette liaison soit sans valeur humaine. Mais, précisément parce que ces relations sont chargées de morts et de passé, surchargées de sacré, elles sont aux antipodes de la relation proprement démocratique... » (*Le Prétendant*).

Ou encore, dans un autre texte :

« Pourquoi voterez-vous pour lui ? Vous me répondrez que cet homme est capable en trois ans de réaliser des projets plus ambitieux que la IVe en treize ans. Je vous croirais si j'avais le commencement d'une preuve. Mais votre candidat est plus fameux pour le noble entêtement de ses refus que pour l'ampleur de ses réalisations économiques et sociales » (*Les grenouilles demandent un roi*).

A la dernière page de *L'Express*, dans son « Bloc-notes », François Mauriac gronde. Les deux hommes ne s'aiment pas. Ils ne s'aimeront jamais. Mais, régulièrement, Mauriac prend Sartre sous sa plume. En août 1960, c'est à propos de la préface à *Aden Arabie* qu'il médite : « O Sartre, pourquoi êtes-vous triste et de quoi vous troublez-vous ? » Le mois suivant, c'est au sujet du procès Jeanson et de la lettre de Sartre sommant la gauche « impuissante d'unir ses efforts à la seule force qui lutte aujourd'hui réellement contre l'ennemi commun des libertés algériennes et des libertés françaises, et c'est le FLN ». Et Mauriac de s'écrier :

« Quelle folie ! Car quand il s'agit de Sartre, on ne saurait dire : quelle sottise ! Et quitte à le rendre furieux, je m'obstine à penser : quel désespoir ! Et quels misérables que ces politiciens de droite ou de gauche, que ces militaires qui auront poussé les meilleurs d'entre nous sur une route sans issue, le plus mort des chemins morts... »

En fait, Mauriac respecte Sartre, ce qu'il appelle sa réussite, son prestige dans la jeunesse, ses compensations temporelles et spirituelles à l'échec de sa démarche politique. Sartre, lui, ne respecte pas Mauriac ; il s'en fout.

Je lui ai demandé un jour s'il n'avait pas envie de répondre à Mauriac. Il a ri et m'a rétorqué, toujours très poli : « Je n'en vois vraiment pas la nécessité. »

Il faut dire qu'il avait une formidable capacité de mépris. Mais cette gentillesse qui enrobait chacun de ses propos, la douceur de sa voix, les formes extérieures de la bonne éducation faisaient illusion.

Le dernier entretien qu'il a donné à *L'Express* date du 20 avril 1961. Tout à coup, il s'agit de Fidel Castro qui vient de subir l'assaut de la baie des Cochons : « Castro est pour moi un homme admirable, dit Sartre, l'un des rares hommes pour qui j'éprouve un sentiment de respect. Ce qu'il faut faire, c'est montrer la bêtise de ceux qui l'attaquent. » Et il déclare avec force : « les Cubains,

il faut bien le répéter, ne sont pas communistes et
n'ont jamais songé à installer des bases de fusées
russes sur leur territoire ! »

Dix-huit mois plus tard, c'est le bras de fer entre
Kennedy et Khrouchtchev : des photos ont révélé la
présence de missiles soviétiques à Cuba.

— O Sartre, pourquoi êtes-vous triste ?...

Les chars soviétiques écrasant à Budapest une
révolte populaire... Le choc avait été terrible pour
les intellectuels qu'animait la ferveur communiste.
Pour certains, touchés dans leurs plus intimes fon-
dations, il fut insoutenable. Ils quittèrent le Parti.
D'autres, en revanche, eurent assez de santé pour
avaler cette couleuvre, là aussi avec la queue et les
oreilles. Quelque folie qu'ait pu dire Sartre, il faut
lui accorder qu'il n'a pas approuvé le traitement par
les Soviétiques de l'insurrection de Budapest.

25.

DÉBUTS DIFFICILES AVEC FRANÇOIS MAURIAC.

Cette photo-ci a été publiée partout. Elle date de 1954 : François Mauriac vient de rejoindre *L'Express* après un clash avec *Le Figaro* à propos d'un article sur le Maroc. Ce pays est à feu et à sang après l'exil par la France du sultan Mohammed ben Youssef (père de Hassan II et aïeul de Mohammed VI). Des lecteurs du quotidien bien-pensant s'indignent, nombreux, des positions sans ambiguïté de Mauriac. Il soutient le sultan détrôné, juge sévèrement certains Français du Maroc, colonialistes endurcis. Une lectrice signe sa lettre offensée : « Comtesse X..., catholique cent pour cent », formule dont Mauriac se délecte. Le directeur du *Figaro*, Pierre Brisson, lui demande de mettre la sourdine... Il refuse, naturellement. Si j'ai connu un homme libre, c'est lui ! Il n'écrira donc plus le mardi dans *Le Figaro*. J.-J. est allé lui proposer la tribune de *L'Express*. Il a très vite accepté.

Ici, sur ce cliché, il vient rendre visite « à ma jeune maîtresse », dit-il en s'esclaffant et en mettant tout de suite sa main devant sa bouche comme pour se bâillonner. Un geste qui lui est familier. On le voit assis, écrivant, encadré par J.-J. et moi.

Personne ne m'a fait rire comme François Mauriac. Le génie de la formule, cette disposition très française qu'on appelle l'« esprit », qu'avait aussi de Gaulle, le sens de la repartie, la spontanéité, surtout. Il improvisait toujours, ne se répétait jamais. Quelques-uns des mots de Mauriac sont restés célèbres. Par exemple : « J'aime tellement l'Allemagne que je suis ravi qu'il y en ait deux... » D'autres sont moins connus parce que dits — ou plutôt murmurés — dans l'intimité, de sa voix blessée. Ainsi, après avoir raccompagné jusqu'à la porte Reine Claudel, la veuve de Paul, qui avait dîné avec nous : « Comme elle a dû être laide ! » Ou encore, à un hôte chaleureux qui lui proposait, après le repas, une fine Napoléon : « Napoléon, maître... », répétant, ravi, il répondit, après y avoir trempé les lèvres : « Napoléon ? Napoléon III ! »

Ce vieux monsieur éblouissant, fin, et courageux — ô combien : il risquait sa vie à écrire ce qu'il écrivait —, ce vieux monsieur avait un petit défaut : il ne supportait pas les femmes avant qu'elles aient atteint l'âge canonique, après quoi il les trouvait bien vilaines.

Impossible de ne pas le sentir, bien qu'il fût très courtois. Au premier déjeuner où il fit, à sa demande, connaissance avec P.M.F. et François Mitterrand, J.-J. lui avait, d'un mot, imposé ma présence. Détestable, mais que faire ? Je mobilisai mes antennes, mes radars pour comprendre pourquoi il n'était vraiment pas heureux de me voir. Et je compris : ce vieux monsieur délicieux aimait les garçons. C'était éclatant dès qu'il posait les yeux sur J.-J. : il était amoureux. Et, amoureux, il était jaloux. Elémentaire !

Pour autant qu'on le sache, il ne s'est jamais donné licence d'obéir à ces dispositions naturelles. Avaient-elles été flairées par d'autres ? Cocteau, je crois. Mais elles ne faisaient l'objet d'aucun ragot.

D'ailleurs, qu'aurait-on dit ? Il était irréprochable. Ses fantasmes lui appartenaient.

Cet été-là, J.-J. devait passer le long week-end du 15 Août dans le chalet de ses parents, à Megève, avec frère et sœurs, j'avais retenu à l'hôtel, et qui nous fit la douce surprise de nous rejoindre ? François Mauriac, joyeux comme un enfant qui s'est échappé du pensionnat !

« Mais que faites-vous là, M. Mauriac, à vous geler ? » lui demanda Marcel Dassault, étonné de le trouver assis sur la terrasse de l'hôtel du Mont-d'Arbois.

Blotti dans sa pelisse, son chapeau enfoncé sur la tête, Mauriac répondit :

« J'attends Jean-Jacques. »

C'était Pénélope.

Dassault, qui créait à ce moment-là *Jours de France,* fit à Mauriac une cour effrénée. Le matin, les deux hommes allèrent se promener, tenant chacun par une main ma petite fille. C'était un spectacle, il faut dire : l'enfant et les vieillards... Au déjeuner, Dassault joua le grand jeu comme seul il savait — et pouvait — le faire. C'est-à-dire qu'il nous fit des propositions telles qu'on ne pouvait pas les refuser spontanément, il fallait... oh, pas longtemps, dix secondes, dix secondes de réflexion. Mauriac ne crachait pas sur l'argent ; il mit tout son esprit à dire : « Non, je ne quitterai pas *L'Express.* » A J.-J., Dassault voulait offrir un petit avion. A moi... des conditions royales.

Quand il voulait quelque chose, il avait l'habitude de surenchérir jusqu'à ce que son interlocuteur, suf-

foqué, finît par céder. Ainsi, un jour où la lubie lui
était venue d'acheter une maison à Villennes, à côté
de celle d'un ami, il envoya sur-le-champ un factotum annoncer la bonne nouvelle au propriétaire de
la maison. Le factotum tomba sur un couple en
train de déjeuner, qui venait de s'installer. Il proposa un prix correct : disons dix millions de francs
(c'est un ordre de grandeur, je ne me souviens plus
des chiffres exacts).

« Mais nous ne voulons pas vendre ! protesta le
couple. Nous aimons beaucoup cette maison. »

Suivant ses consignes, le factotum augmenta son
offre par étapes, une fois, deux fois, trois fois... Il
en était à 15 millions quand l'homme se laissa
ébranler : 15 millions, c'était une manne ! Il ne pouvait pas laisser passer ça.

Le factotum revint auprès de Dassault :

« C'est fait, dit-il. 15 millions.

— Et ils partent quand ?

— Heu... On peut leur laisser deux ou trois
jours ? Ils viennent d'arriver.

— Non, répondit Dassault. Tout de suite. Faites
ce qu'il faut. »

Le factotum fit ce qu'il fallait.

Quand la femme hurla à l'idée d'être obligée de
déménager dans l'heure, il ajouta un million. Elle
s'avoua vaincue.

Ça, c'était Dassault.

D'autre part, un bonhomme génial. Il tombait
rarement sur des personnes réfractaires à ses argu-
ments. Dans ce cas, il se désintéressait tout de suite.
Sans rancune. Le réfractaire n'existait plus...

À Megève, le déjeuner s'acheva dans la cordialité.
Il nous raconta ce qu'il avait acheté dans les environs : un chalet, un hôtel, je ne sais quoi — un

caprice, en passant. Comme à Villennes, il n'y mettrait jamais les pieds.

Vingt-cinq ans plus tard, quand je tapais tous les riches, parmi mes relations, pour faire décoller une organisation humanitaire balbutiante, j'ai écrit à Dassault. Il m'a envoyé un gros chèque.

Il fallait reprendre le collier. Même le 15 Août, on travaille dans les journaux, et, en ce temps-là, on travaillait le samedi aussi. J.-J. était parti la veille en train. Ce matin-là, très tôt, j'ai la surprise de trouver Mauriac assis dans ma voiture, une américaine décapotable.

« Je croyais que vous vouliez rentrer avec les C...

— Non, répondit-il, je préfère votre voiture. Je suis comme les chats, je choisis mes paniers. »

Nous avons dû faire six ou sept heures de route, plus un déjeuner arrosé de ce vin blanc qu'il aimait. On a le temps de s'en dire, des choses, en sept-huit heures. Il a beaucoup parlé. Percutant, comme toujours. Deux phrases me sont restées en mémoire dans leur forme exacte : « Seules les brunes sont des femmes... » et « Ma femme me considère comme le plus fructueux de ses enfants... »

Je l'ai beaucoup écouté et, à maintes reprises, il m'a touchée. Quelque chose d'impalpable, qui n'a pas de nom, s'est installé entre nous. Sa prévention avait fondu.

Je l'ai déposé chez lui, à Auteuil. Le lendemain, j'ai reçu un joli bouquet. Ensuite, nous avons passé ensemble cinq années sans nuage.

26.

DOUCE, MA DOUCE.

Voilà une bien jolie photo de Douce, ma sœur. Elle ressemblait à une princesse des *Mille et Une Nuits,* avec un nez fin qu'elle tenait de notre père. Plus âgée que moi de six ans, Douce était déjà une belle jeune fille de dix-huit ans, vendeuse dans un grand magasin pour 300 francs par mois, alors que j'allais encore à l'école. En ce temps-là, les vendeuses n'avaient pas le droit de s'asseoir.

Je n'ai connu à personne un pareil génie du bonheur. Cela suppose toujours un peu d'aveuglement, mais un aveuglement béni. Moi, je suis plutôt du genre qui, entrant dans une pièce, repère tout de suite la poussière sous une commode. J'ai des yeux partout, ça sert à quoi, on se le demande... Douce ne voyait en toute situation, en toute personne, que la part du beau et du bon.

Ses premières années avaient été très protégées. Ses parents l'adoraient. Sa gouvernante l'habillait exclusivement de blanc, jusqu'au bout de ses petites bottines.

Guerre. 1915 : la Turquie se range du côté de l'Allemagne. A Constantinople, l'Agence télégraphique ottomane, qu'a fondée mon père, est réquisitionnée. Il se révolte, refuse de travailler pour l'Allemagne, expédie sa femme avec Douce en Suisse, apprend que, s'il ne cède pas, il sera condamné à mort, et parvient à s'enfuir. Ses biens, confisqués, seront perdus à jamais.

Douce n'a jamais oublié le train dans lequel ma mère lui a dit : « Pas un mot d'anglais... Sinon, un soldat t'emportera. » Résultat : impossible de lui arracher un mot d'anglais jusqu'à l'âge de quinze ans. Elle l'a oublié, puis réappris.

Quelques années passent, nous nous retrouvons toutes deux pensionnaires au lycée Molière. C'est un endroit plutôt déprimant, mal tenu. Parmi les filles, June, américaine, arrogante, qui ennuie tout le monde avec sa sœur. Il faut dire que ladite sœur est Louise Brooks, immense vedette, et que nous sommes folles de cinéma. Moi, je ne parle avec personne, je passe mon temps dans une courette où se trouvent des barres parallèles. Grâce à quoi, aujourd'hui encore, mon dos est musclé ! Douce, qui est aussi sociable que je le suis peu, est malheureuse, plus que moi. Cette pension lui est insupportable. J'en connaîtrai, sans elle, une autre qui sera bien pire, j'ai raconté cela dans les *Leçons particulières*.

Douce m'aimait d'un amour exubérant qui, quelquefois, m'agaçait. Elle m'embrassait avec emportement. Jeune fille, elle était entourée d'un essaim de garçons et de filles. Je crois qu'elle était sage. D'ailleurs, je la surveillais. Elle m'emmenait partout où la « bande » se déplaçait, partout.

Très fières d'être des pionnières, nous étions souvent fourrées dans le premier club privé de cinéma qui s'était formé à Paris. Passaient là, quelquefois, des films soviétiques interdits en France. C'était grisant. Je me souviens vaguement de *La Ligne générale* — d'Eisenstein, sauf erreur. On s'empiffrait de Garbo, de Stroheim, plus tard des premiers films parlants, des westerns, on était amoureuses de Gary Cooper...

Qu'est-ce qui apporte dans la vie d'aujourd'hui la part de rêve qu'a véhiculée le cinéma pendant quarante ans ? Rien. C'est l'un des très rares regrets que m'inspire le passé.

Quelquefois la « bande » allait danser à Montparnasse. Là, je me contentais de regarder, bien que le charleston n'eût pas de secrets pour moi. Je me suis fâchée quand Douce a laqué ses ongles de vernis rouge, comme une mode récente l'imposait. J'ai dit : « Ça te donne mauvais genre. N'est-ce pas, Maman ? » Maman, qui avait autre chose à penser, la pauvrette, a opiné. Douce a promis de ne plus recommencer.

Son mariage m'a fendu le cœur. Ma mère n'était pas heureuse non plus. Douce épousait un fils de la « bonne bourgeoisie », comme on disait alors, dont la mère était ostracisée par sa famille parce qu'elle avait osé divorcer. Elle était sympathique, cette mère, mais lui ! Je ne pouvais pas le souffrir, ma mère non plus. Et nous avions souvent eu l'occasion, l'une et l'autre, de tester notre discernement, s'agissant des personnes.

Il était ingénieur chez Michelin, à Clermont-Ferrand, possédait une belle propriété dans la région. Douce fut châtelaine. Et lui, cagoulard.

Pendant la guerre, ils se séparèrent et les choses s'aggravèrent encore. Il rejoignit la Milice. C'est la Résistance qui l'abattit en 1944. Bien que, de fait, ennemis inexpiables dès 1940, jamais ils n'avaient agi l'un contre l'autre.

Douce avait été le pivot du petit groupe qui, dès 1940, était entré en résistance à Clermont-Ferrand où se trouvaient beaucoup de réfugiés d'Alsace. Elle a été arrêtée et déportée à Ravensbrück en 1943. Le chef de la région Auvergne, Jean Chappat, devenu entre-temps son mari, a été déporté à Neuengamme. Pierre Dejussieu, chef de l'Armée secrète, a été déporté à Buchenwald ; il a travaillé dans le tunnel de Dora. Le petit groupe du début, très élargi, a beaucoup trinqué. Par une chance inouïe, je n'ai fait, moi, que de la prison.

Bien sûr, il y avait eu des imprudences, des légèretés, des bavardages, des antagonismes... La Résistance, ce n'était pas un système clos, une organisation ; plutôt des gens qui s'agglutinaient de bric et de broc parce qu'ils avaient mal à la France. C'était un état d'esprit : on ne se couche pas devant les Allemands. Douce et moi avions une sérieuse hérédité de ce côté-là.

C'était aussi, parfois, de l'inconscience devant le danger. Le poste émetteur entreposé chez moi dans l'attente de son pianiste, c'était pure folie...

Enfin Hitler est aboli, la guerre est finie, les Américains pénètrent dans les camps, on commence à rapatrier les déportés.

Depuis que Douce est partie, il s'est passé presque deux ans pendant lesquels nous sommes restées sans nouvelle. Nous ne savons même pas où elle est, si elle est encore en vie. Impossible de le savoir ! Là, je crains que ma mère craque. Elle est demeurée stoïque, pendant toutes ces années si dures, elle n'a jamais essayé de nous retenir, s'évertuant à aider, au contraire. Là, tout à coup, elle a peur. Pourquoi n'avons-nous pas de nouvelles ? Certaines familles en ont bien...

Je vais tous les jours à l'hôtel Lutétia où l'on conduit sur des civières les déportés arrivant d'Allemagne. Spectacle terrible. Je consulte les listes de noms affichées ici ou là, je scrute les visages, je demande à ceux qui veulent bien parler : « Auriez-vous croisé une jeune femme brune qui... »

Et puis, un soir, on sonne à la porte. C'est Douce avec une camarade de camp, Madeleine. Un officier français les a cueillies à Holleischen et les a ramenées.

Douce pesait 40 kilos, mais elle était vive et bruyante, comme toujours, ses yeux brillaient. Elle s'est jetée dans mes bras en me tendant un cendrier en cristal de Bohême :

« Tiens, dit-elle, je t'ai rapporté ça de Tchécoslovaquie. »

On ne revient pas de voyage sans cadeau, n'est-ce pas ?

J'ai su plus tard combien sa gaieté, son courage, son ingéniosité, sa foi dans la victoire avaient été précieux à ses amies de détention. Mais, de tout cela, comme tous les déportés, elle n'a jamais voulu parler.

Puis la vie a repris ses droits, nous nous sommes englouties l'une et l'autre dans le travail. Elle était décoratrice d'intérieur.

Un jour, en pleine guerre d'Indochine, nous avons eu besoin d'un lieu discret et sûr pour rencontrer le général Salan qui venait de rédiger, avec le général Ely, un rapport fracassant sur la situation militaire. C'est J.-J. qui suggéra : « Demandons à Douce. » Elle accepta, naturellement. Et j'entendrai jusqu'à la fin de ma vie Salan dire : « Il faut arrêter de saucissonner du petit Viêt... »

Le rapport Ely-Salan fut publié par *L'Express*, le journal saisi, le scandale immense — jamais on n'avait saisi un journal sous la IIIe ni la IVe République —, et *L'Express* lancé.

A chaque instant de ma vie, j'ai toujours su que je pouvais compter sur Douce. C'est chez elle que je me suis réfugiée, cette nuit de mai 1958 où l'on annonçait l'arrivée des parachutistes d'Alger sur Paris, porteurs de listes de gens à appréhender aussitôt.

Je n'ai jamais imaginé qu'elle pourrait mourir avant moi, c'est-à-dire me faire défaut, me *manquer*.

Et puis, un matin, son mari m'a téléphoné :

« Douce a la grippe. Elle voudrait vous voir. »

Tout le monde avait la grippe, cette semaine-là. J'ai accouru.

Elle a planté son regard, magnifique, dans le mien, et j'ai su en un éclair qu'elle était perdue.

Son médecin, qui ne comprenait rien à cette grippe-là, voulait la faire hospitaliser pour procéder à des examens. C'est donc à l'hôpital que, quinze jours plus tard, elle est morte. Trois personnes s'affairaient pour tenter de lui faire reprendre connaissance. J'ai dit : « Ah ! laissez-la tranquille, je vous en prie ! » Nous sommes restées seules. C'était fini. J'ai touché son visage. Ses mains. Son bras meurtri par les perfusions. Au moins, les choses étaient allées vite. Douce faisait tout avec simplicité. Même les cancers.

Un cancer généralisé foudroyant : fruit de la déportation ? On ne sait pas. La Shoah a écarté des projecteurs les déportés qui n'ont pas connu l'Holocauste. A ma connaissance, aucune étude n'a été faite sur les conséquences du calvaire qu'ils ont vécu.

Depuis ce jour déjà ancien où Douce m'a abandonnée, je sais que je marche à découvert.

27.

COMMENT SUPPORTERA-T-ON LA CONDITION HUMAINE QUAND IL SERA AVÉRÉ QUE NOUS SOMMES GÉNÉTIQUEMENT DÉTERMINÉS, QUE LA LIBERTÉ DE COMPORTEMENT N'EXISTE PAS ?

Réunies par un trombone, voici une série de photos qui se ressemblent. J'y suis derrière un grand bureau, seule ou entourée de collaborateurs au téléphone ou tapant à la machine. Ou encore sur un plateau, assise à côté d'une caméra, mais là, il s'agit d'un cliché très ancien. Tout cela n'a pas grand intérêt, je jette.

Mais une date m'accroche au dos de la dernière photo : 1932. Nous sommes en l'an 2000 et on vient de me photographier pour un magazine devant mon ordinateur. Entre les deux, il y a donc soixante-huit ans de travail.

Je crois que personne n'a travaillé davantage et plus longtemps que moi. J'ai aimé le travail, dont j'ai fait une valeur. Des philosophes l'avaient fait avant moi. Il n'a plus cette fonction.

Mais quelque chose me frappe : le travail cesse progressivement d'être une valeur pour les hommes, semble-t-il, au moment même où les femmes font le chemin inverse. Je crains qu'on ne retrouve là l'éternel décalage, la dévaluation de ce qui devient féminin. Mais peut-être est-ce une erreur, peut-être allons-nous simplement vers la fin du travail pour tous ? On le dit, je n'y crois guère. Et même, pas du tout.

Quand le travail n'a-t-il pas été une valeur ? Dans la société féodale, peut-être; mais c'est tout. Il a toujours structuré la vie des hommes, leur temps — les aristocrates mis à part. Mais ceux-là chassaient, faisaient la guerre, et surtout complotaient, camp contre camp, pour prendre le pouvoir. Voir le pauvre Louis XIII puis la Fronde. Cela occupe.

Pourquoi ne pas caresser l'utopie d'un monde où le temps de travail, réduit, serait assorti de revenus modestes mais suffisants, et où tout le monde pourrait flâner, courir dans les prés, s'occuper de ses enfants, lire Platon ou *Tintin*, ou les deux, regarder de la peinture, apprendre le chinois, s'ennuyer, que sais-je ? Oui, pourquoi ?

J'ai peur d'écrire : parce que les désœuvrés choisiront plutôt de passer leur temps libre devant une cassette de jeu vidéo. Mais je vais me faire crever les yeux ! Ce serait d'ailleurs très exagéré : il y a un réel appétit de connaissances partout... sauf à l'école !

Mais, quand on a du temps pour tout, on ne fait plus rien. Le travail structure, l'absence de travail déstructure, j'en suis convaincue. Le loisir à foison n'est pas l'idée que je me fais du bonheur d'être.

L'idée que chacun s'en fait a beaucoup changé depuis une trentaine d'années, hommes et femmes confondus. Un mélange d'hédonisme et d'esprit libertaire a balayé les vieilles culpabilités, les vieux interdits, le sentiment du devoir, pour les remplacer par un impératif : être heureux. Pourquoi pas ?

Autant qu'on le peut, il est bon d'être heureux, en sachant qu'on ne peut pas l'être tout le temps.

Ce qu'on appelle la libération sexuelle y a aidé, malgré la grande ombre tragique du sida. Les psychanalystes ne voient quasiment plus de patients ravagés par des refoulements, des transgressions, des désirs coupables, etc.

Mais voici qu'a surgi, exigeant, le souci débordant que l'on a de soi. C'est neuf dans l'histoire des civilisations. Soi, « ce monstre incomparable, préférable à tout, que chacun est pour lui-même ».

Dans la foulée de Mai 68 est née l'idée que nous avons tous en nous des talents qui ne demandent qu'à s'exprimer, des richesses cachées, un créateur brimé par la société, et que, désormais, le moment est venu de se réaliser. D'être, enfin, soi ! Hors de toutes barrières.

C'est un mouvement puissant dont on peut dire qu'il a gagné toute une génération. Il existe toujours, avec des résultats variés. Certains se sont vraiment épanouis. Au passif : ceux qui ont dû toucher du doigt qu'ils n'avaient ni talent, ni vocation, ni don. Et que, sans barrière ils vacillent. Ce sont eux, maintenant, qui fréquentent les psychanalystes ; atteints par ce que le sociologue Alain Ehrenberg appelle « la fatigue d'être soi », ils font des dépressions.

Mais le souci hypertrophié de soi pourrait prendre bientôt une autre forme, et exiger d'autres soins que la cure pour maigrir ou le jogging !

Il va bien falloir trouver quelque chose pour que les gens supportent la condition humaine, une fois que la biologie aura livré tous ses secrets. Déjà, le cerveau a beaucoup parlé. Les résultats des travaux récents sont vertigineux.

Pour dire les choses en termes simples, l'inné et l'acquis, c'est une vieille lune. Tout est inné ! Nous sommes génétiquement déterminés. C'est une loi implacable. Quoi ? Pas la plus petite marge de liberté pour décider de nos comportements ? Une marge, oui, mais très étroite. L'homme naît et vit avec des cartes en mains. Disons qu'il peut quelquefois choisir une carte.

Lorsque tout cela — entre bien d'autres choses surprenantes — sera avéré, qu'il faudra l'intégrer dans le quotidien de la vie, comment supportera-t-on l'idée que l'inégalité est la loi, l'espoir interdit au mal doué, l'effort inscrit dans le programme génétique — et, s'il n'y est pas, inutile de se fatiguer ! — et la liberté, la liberté dictée d'un quelque part, dans le cerveau, qui n'est pas « soi », mais une activité de neurones à laquelle on ne peut rien...

Quand ces notions seront devenues familières — ce qui ne devrait pas tellement tarder, maintenant —, comme révolution, ce sera autre chose que l'informatique ! Car elle atteindra chaque être humain, personnellement, dans l'idée qu'il se fait de lui-même, de ses enfants, des bases élémentaires d'une morale ; à la limite, de ses raisons de vivre.

Ce sera difficile à croire ? Il y aura des réfractaires. Mais le Big-Bang aussi, c'est difficile à croire, et la théorie n'en est plus contestée. Les scientifiques sont aujourd'hui, bien plus que les politiques, les maîtres de notre vie, de notre imagination, de notre conscience. Les maîtres du monde.

D'une certaine façon, cela apaise de penser que l'on est irresponsable, que l'on n'est qu'un petit tas de gènes auxquels on ne peut rien, et que, pour être fier de soi en quelque circonstance, il faut vraiment en tenir une couche !

Voilà quelque chose qui ne m'a jamais menacée, le contentement de soi, la vanité. On ne peut pas avoir tous les défauts ! Alors qu'autour de moi j'entendais célébrer ma puissance de travail, ma faculté de concentration, j'ai toujours su, moi, que c'était une sorte d'infirmité, en tout cas un interdit jeté sur le plaisir de vivre.

Jamais un dimanche sans quelques heures de travail. Jamais une distraction futile, jamais un film, une pièce, un livre sans l'objectif d'en nourrir les journaux dont j'étais responsable. Des voyages, oui, beaucoup de voyages, mais toujours professionnels, avec des horaires serrés. L'idée que l'on puisse faire du tourisme me paraissait saugrenue.

Ma collusion avec J.-J. n'a rien arrangé : il était tout pareil, certainement le seul homme qui, ayant rendez-vous à Venise, reçut son interlocuteur italien à l'aéroport et n'eut pas la curiosité d'aller voir la ville.

Aujourd'hui que je suis relativement désintoxiquée, même si le travail reste ma distraction favorite, je sais ce qui m'a enchaînée. C'est que, dès la première heure de ma vie, j'ai été désignée comme coupable par mon père. Coupable de n'être pas le garçon qu'il espérait. Coupable, en tout cas, d'être une fille, donc insuffisante, cherchant la punition pour me flageller, et acharnée en même temps à prouver que je valais bien un garçon.

Ce cas est relativement courant. Bien des filles l'ont connu, qui s'en souviennent. Mais, selon le contexte familial, la déception des parents, les circonstances particulières à chacune, la culpabilité est vécue plus ou moins intensément.

Qu'il s'agisse des camarades de classe avec lesquelles je me battais dans la cour du lycée, dont l'une me cassa une dent, ou de tel ou tel homme auquel il arriva de me faire mal, j'ai toujours pensé : « Ce n'est pas sa faute ! » Dame, puisque c'était la mienne, toujours la mienne...

En même temps, je multipliais les exploits physiques dangereux pour montrer que je pouvais égaler les garçons. Cette disposition arracha un joli mot à ma mère. A l'une de ses amies qui s'écriait, me voyant escalader un arbre : « Mais c'est un garçon manqué, cette petite ! » elle répondit : « Non, c'est une fille réussie ! »

O fugitive douceur...

Culpabilité et compétition, ce sont là deux leviers puissants, et je ne sous-estime pas ce que je leur dois. Si j'y ajoute le désir de ma mère qui, de ses deux filles, m'avait élue pour ramasser le glaive brisé de mon père et remettre notre famille « à son rang », comme elle disait, on voit que j'étais bourrée de vitamines ! Que ne ferait-on pas pour satisfaire au désir de sa mère ?

Je fais ce que je peux, mais de telles vitamines ne valent rien pour la vie privée.

Or, en ce temps-là, la mienne est sinistre...

28.

J'ÉTAIS LA BRAVE PETITE ÉPOUSE DU PRISONNIER.

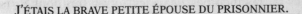

Un matin de 1947, j'ai vu mon mari disparaître entre deux policiers sans que ceux-ci daignent donner une explication. Ils dirent seulement qu'ils l'emmenaient à Lille.

Il se passait encore beaucoup de choses bizarres et brutales à cette époque-là.

Je cours chez Maurice Garçon, l'avocat, il est adorable, se démène, et nous finissons par comprendre que mon mari est accusé d'avoir servi d'intermédiaire, en 1943, entre des industriels français du textile et un bureau d'achat allemand. Une vingtaine de personnes ont été arrêtées, qui doivent être jugées. L'une d'elles, la comtesse de P., l'a dénoncé en échange de son immunité. Une immunité qu'apparemment on était très pressé de lui assurer en haut lieu.

Des histoires comme ça, il y en a alors beaucoup.

Quand j'ai revu mon mari, derrière une grille, à la prison de Lille, il était encore choqué et penaud. Je lui ai demandé : « Pourquoi as-tu fait ça ? C'est incompréhensible ! » et il a eu cette réponse qui m'a désarmée : « Elle avait envie d'un saphir... »

Elle, c'était la petite comtesse qui était à l'époque sa maîtresse.

« Et elle l'a eu, son saphir ?

— Oui.

— Drôle de manière de te dire merci... »

Il a eu un petit sourire, l'air de dire : « Est-ce que j'ai jamais attendu que quelqu'un me dise merci ? »

Je suis enceinte, fatiguée, mais je viens le voir toutes les semaines. La même file de femmes chargées de colis se forme pour prendre le train, on se passe des tuyaux. Mon mari a été condamné à cinq ans de prison. Selon l'avocat lillois qui le défend, cette condamnation est aberrante, comparée à celle des autres inculpés. Mais les autres sont tous de la région, lui est étranger, parisien... Il a bien fallu que quelqu'un paie.

Ma petite fille, décrétée Caroline avant sa naissance sans le secours de l'échographie encore inconnue, arrive un peu tôt. C'est le matin, je prends ma voiture pour aller à la clinique : elle est bondée. J'étais prévue pour plus tard.

« Tant pis, me dit mon accoucheur, venez ici, allongez-vous dans mon bureau... »

Je trouve cela symbolique : même pour accoucher, je me retrouve entre un agenda et un téléphone !

Caroline arrive, très vite, toute rose, pas fripée du tout, la tête ronde, ravissante comme elle n'a, ensuite, plus jamais cessé d'être.

Hélène a envoyé un photographe. Douce fait un scandale pour qu'on me trouve une chambre. Bref, on s'occupe de moi au lieu que ce soit, comme toujours, le contraire. Ce n'est pas sans douceur...

En fait, les Lazareff n'ont cessé de s'inquiéter de moi pendant les années qui ont suivi, comme si c'était tout naturel, et de m'intégrer à leur vie tourbillonnante. Mais j'ai continué d'aller à Lille toutes les semaines. Je n'ai demandé à aucun homme de me consoler. J'ai joué la brave petite épouse du prisonnier, comme on doit être dans les chansons réalistes, pendant trois ans. Puis, sollicité par Pierre, Edgar Faure, alors garde des Sceaux, a obtenu la libération conditionnelle de mon mari. J'allais savoir s'il restait quelque chose de vivant entre nous.

Il fut assez vite évident qu'il ne restait rien — de ma part, en tout cas. Lui, je ne sais pas où il en était au juste. Nous avons repris la vie commune pendant quelques mois, mais j'avais émergé de ces dures années avec un appétit de bonheur, une faim d'amour, une envie impétueuse d'être heureuse autrement qu'un jour par-ci par-là... J.-J. est tombé dans ma vie comme un aérolithe au moment précis où il fallait qu'il tombe.

29

UN LIEU SANS ISSUE OÙ IL N'Y A QU'UNE PORTE, CELLE DE LA MORT.

J'ai lu des récits émouvants et forts de rupture suffocante, d'abandon perfide, de séparation déchirante. C'est un grand classique de la littérature féminine.

Je peux faire, mais je n'y ajouterai pas, même si je crois que l'on peut mourir d'amour, et si Piaf me tord le cœur avec son *Légionnaire*...

Si loin que je me souvienne, on m'a enseigné qu'il faut toujours « se tenir ». « *Behave !* » me disait, quand j'avais cinq ans, ma gouvernante. « *Behave !* » c'est beaucoup plus fort, impérieux, que son équivalent français, « Tiens-toi bien ! » qui n'a jamais impressionné personne.

Ouvrir les vannes de la mémoire pour en laisser jaillir des cris d'amour ou de douleur bien cachés dans un coin de mon cerveau, mais toujours présents si je les convoque, me paraîtrait donc du plus mauvais goût.

De surcroît, il est indiscret de raconter ses amours, on est toujours deux à qui elles appartiennent. Alors je dirai seulement que dix années de passion partagée se sont terminées entre J.-J. et moi sans cris, sans pleurs, sans reproches. Sans cesser de travailler ensemble.

Inconvénient imprévu : cette séparation ne m'a pas été douloureuse, elle m'a été intolérable. Si seulement j'avais pu lui en vouloir, le maudire, lui imputer quelques vilenies, machiner une vengeance... Mais je n'avais rien à lui reprocher. C'était moi, la coupable ! Coupable de n'avoir pas pu lui donner un enfant, à cause d'une méchante opération. Et insuffisante, puisque je ne lui suffisais plus. La pieuvre que j'abritais depuis quarante-cinq ans et dont J.-J. m'avait délivrée par le cas qu'il faisait de moi, la pieuvre s'était réveillée et me rongeait le foie.

Voilà une image bizarre : est-ce que les pieuvres rongent ? On écrit n'importe quoi, quelquefois, pour faire de l'effet. Or je ne veux pas faire d'effet. Seulement essayer de cerner un mal que l'on ressent physiquement, qui n'a ni nom ni remède, qui relève du mépris ou de la haine de soi.

Il se trouve que je suis quelqu'un dont la violence profonde n'apparaît jamais sinon dans des circonstances rarissimes. Je suis calme, maîtrisée, sans traces de nervosité. Ce mal dont je parle, les signes n'en sont donc apparus à personne. La vie continuait. Moi seule savais que je n'en pouvais plus.

J'ai décidé de me suicider si, dans un délai d'un mois, mon esprit était encore dans le désordre et la confusion, mon corps traversé de douleurs. Que l'amour malheureux donne des douleurs comme des cicatrices fraîches, je l'ignorais. J'ai tracé trente petits bâtons avec un bout de craie sur un grand tableau dans mon bureau. J'en ai effacé un par jour. Quand le dernier a disparu, je n'avais fait aucun progrès, au contraire. Je n'avais plus qu'un désir : en finir. De moi et des autres.

Je suis rentrée chez moi. Je ne connais pas de mots justes pour décrire l'état dans lequel je me trouvais. D'abord, l'impression d'être enfermée dans un lieu sans issue et d'en chercher vainement la porte alors qu'il n'y a pas de porte : il n'y a que la porte de la mort. Ensuite, l'impression d'avoir concrètement une blessure dans la poitrine, quelque chose qui saigne et entrave la respiration. Plus tard, pendant des années, je me suis réveillée le matin, croyant saigner...

J'ai mis de l'ordre dans mes papiers, laissé une note à la cuisine pour dire qu'on ne me réveille pas, que j'étais rentrée tard. Un verrou puissant bloquait la porte de ma chambre, je l'ai tiré. J'ai écrit une petite lettre à mon fils, une autre à ma fille, leur demandant de me pardonner, de comprendre que j'étais malade, de façon incurable. J'ai griffonné deux mots à Douce. Puis j'ai avalé cinq tubes de Gardénal et, connaissant la perversité des gens qui veulent à tout prix vous sauver d'un suicide, j'ai pris la précaution de jeter dans les toilettes les tubes vides afin qu'on en ignore le contenu.

Ensuite... je ne sais pas.

On m'a dit que, le lendemain soir, en cassant la cloison qui séparait ma chambre de la pièce voisine, on m'avait extirpée de mon lit, dans le coma. J'ignore qui a eu l'idée de casser cette cloison.

Je me souviendrai toujours de la tête du réanimateur sur lequel j'ai ouvert les yeux deux jours après, de la haine que j'ai ressentie envers cet homme qui s'était mêlé de ce qui ne le regardait pas, de l'immense lassitude d'avoir encore à vivre. Je ne voulais pas. J'ai volé à deux reprises un couteau. Des couteaux ridicules qui ne coupaient pas, avec lesquels je n'ai réussi qu'à me meurtrir les poignets.

On ne peut compter sur personne, même pas sur la mort quand on la sollicite.

Je suis sortie de clinique dans un état misérable. Hélène Lazareff m'a prêté sa maison du Midi. J'y suis allée, seule, pendant quelques jours, et j'ai écrit, naturellement. Un texte hurlant. Sauvage.

Après, j'ai eu conscience qu'il ne fallait pas publier cela, qu'il ne faut pas toujours rendre public ce que l'on écrit.

Pierre m'a alors proposé d'entrer à la rédaction en chef de *France Soir*. Coincée entre deux clans qui se disputaient le pouvoir, j'ai essayé d'y faire quelque chose d'utile. C'était difficile. Jean Prouvost me pressa de rejoindre *Paris Match*. C'était tentant. Mais Pierre n'aurait pas aimé. D'ailleurs, j'allais encore vraiment mal...

Et puis J.-J. se réveilla. Il avait toujours souhaité que je réintègre *L'Express*. Mais sa famille et ses amis poussaient des cris : après ce que je lui avais fait ! Mais lui savait ce que je pouvais encore faire : l'aider à transformer *L'Express,* dont la formule était à bout de course.

Ce n'était encore qu'un projet vague. Mais le prétexte était bon. J'ai eu droit à l'un de ses grands numéros de charme auxquels peu de gens résistaient. J'ai accepté, bien sûr.

Plus tard, avec les années, il a été beaucoup moins présent au journal, galopant entre le parti radical et Nancy, allant défier Chaban à Bordeaux, ce qui relevait du pur dérèglement de l'esprit — « voir les choses comme on voudrait qu'elles soient », selon Bossuet, lâchant Mitterrand à cause du Programme commun, ministre de Chirac pendant une semaine, assez pour faire scandale au sujet des essais atomiques, inventant l'UDF pour Giscard, complètement possédé par le combat politique pour lequel il ne lui manque que quelque chose de très ordinaire, le bon sens, alors qu'il a par ailleurs tant, tant de talent...

De temps en temps, il fait des raids sur le journal où un petit clan se forme qui rêve non pas de le déposséder, mais de l'évincer, de le neutraliser. On vit de crise en crise. Un jour, je me retrouve avec toute la rédaction en chef partie : huit personnes, sauf erreur. Les plus responsables. J.-J. est je ne sais où. Sortir un journal dans ces conditions, pendant quatre ou cinq semaines, sera l'un des exploits de ma vie professionnelle.

A travers ces épisodes tumultueux, nos relations restent intactes, affectueuses et confiantes. Il sait que je ne veux pas sa place, qu'il n'y aura jamais de rapport de forces entre nous. Le patron du « Groupe Express », c'est lui. Diriger *L'Express* me suffit amplement. Et même, parfois, commence à m'ennuyer, après vingt ans de cet exercice. Il me faudrait un peu de danger, ou de romantisme, pour me réveiller.

Au cours d'un déjeuner avec Georges Kiejman, en 1974, nous épiloguons tous les deux, mélancoliques, sur la grisaille de la vie. Je dis bêtement :
« Là où nous en sommes, qu'est-ce qui peut bien nous arriver d'excitant ?
— Une grande histoire d'amour, dit Georges, toujours preneur.
— Non, merci, dis-je. J'ai déjà donné. »
Quelques semaines après, J.-J. déboule chez moi, tard dans la soirée :
« Giscard voudrait vous voir. Il veut vous confier un ministère. »

30

UN GRAND HOMME EXOTIQUE,
UN MINISTRE DES AFFAIRES ÉTRANGÈRES PLUS
ATTIRANT QU'IL N'Y PARAÎT.

Sur cette photo, je me vois assise entre Jean Monnet et Bertrand de Jouvenel. Ce doit être vers 1977. Curieusement, Monnet est à la fois illustre et peu connu des Français. L'œuvre de Jouvenel, en particulier les trois tomes de *Du pouvoir*, mais aussi bien d'autres publications politiques, économiques, sociologiques, doivent être encore au programme des grandes écoles. C'est un esprit très original. Ainsi encadrée, je n'ai pas dû m'ennuyer ! Mais je ne me rappelle rien, sinon ce qui nous réunit ici, avec une vingtaine de convives : un déjeuner donné en l'honneur de Jean Monnet pour saluer la publication de ses *Mémoires*. Ce n'est pas du tout le style de Monnet, ces réjouissances où l'on ne s'entend pas et où l'on mange trop... Mais, je m'en souviens maintenant, il repoussait depuis des années le projet de raconter sa vie, si extraordinaire à tous égards, et même extravagante. Quand j'ai tenté de l'en persuader, il m'a répondu : « Quand on commence à penser à ses Mémoires, c'est qu'on est mort. Il faut regarder en avant, pas en arrière. » Il avait alors plus de quatre-vingts ans.

Ce grand homme, dont la marque sur son siècle restera si profonde, qui a accouché l'Europe sans avoir pour cela aucun titre, aucune fonction et moins encore de diplômes, ce grand homme court de taille avait l'air de n'importe qui ayant un tailleur anglais. Il n'était pas brillant à la façon de certains hauts fonctionnaires français, il n'avait pas vingt-cinq idées à la minute pour refaire le monde, il en avait une. Toutes les autres lui étaient corrélées. Ce qu'il avait à dire était toujours clair, concret. Au fond, on pourrait résumer le génie de Monnet en une formule : un objectif à la fois, et la méthode pour l'atteindre.

De Gaulle le détestait, bien que son action eût été décisive pendant la guerre. Il l'appelait « l'Inspirateur », sur le mode sarcastique. Un jour, Monnet lui a écrit : « Il faut que vous soyez le premier président de l'Europe unie, Adenauer sera le second. » De Gaulle l'a convoqué. Les deux hommes ont eu une longue conversation. Après quoi, de Gaulle rapporta l'essentiel de ce tête-à-tête à deux membres de son cabinet en s'écriant, goguenard : « Après tout, si l'Allemagne veut devenir française... »

Mais il en fallait davantage pour décourager Jean Monnet.

Parmi les quelques politiques français de grande envergure, ce marchand de cognac — ce qu'il était à l'origine — enterré aujourd'hui au Panthéon est certainement le plus exotique. Jamais ministre, jamais élu, commissaire au Plan tout de suite après la guerre quand il fallait tout reconstruire, il a commencé à édifier l'Europe, je ne dirais pas tout seul, ce serait très exagéré, mais il en fut à la fois l'âme et le bûcheron. Je l'admirais beaucoup. Il disait à J.-J. qu'il m'aimait bien parce que je m'exprimais « avec moitié moins de mots que tout le monde ». Il m'emmenait parfois déjeuner chez Prunier, son restaurant favori, et alors il me racontait ceci, cela, comment il avait enlevé Silvia, sa femme, en Chine par exemple, ou tel autre épisode mirobolant de son existence.

J'ai beaucoup regretté que, dans ses Mémoires, il ait fait quasiment l'impasse sur tout ce qui lui aurait donné un éclairage humain. Son livre est irréprochable, mais il est froid, sec. Souci de rester sur les cimes ? de laisser une statue ? J'ai peine à le croire. Peut-être, plus simplement, Jean Monnet l'admirable ne possédait-il pas ce qu'on appelle « une plume ».

Je ne veux pas le quitter sans citer cette phrase des *Mémoires* qui pourrait être profitable à tant d'entre nous : « Il n'y a pas de limite, sinon celles de la résistance physique, à l'attention que l'on doit apporter à ce que l'on fait si l'on veut réellement aboutir. »

La photo suivante, c'est un autre genre : Henry Kissinger qui m'accueille au State Department, à Washington. A l'époque, je suis au gouvernement, mais j'ai connu Kissinger quand j'étais à *L'Express* et lui à la Maison-Blanche. Bien avant encore, quand il était professeur à Harvard, ma fille Caroline a été son élève, l'espace d'un été, et il en a gardé un souvenir ému. A quoi je dois, je crois, la promptitude mise à me recevoir à la Maison-Blanche où la première phrase que j'ai entendue a été : « Comment va Caroline ? »

Et si c'était un grand sentimental, ce monsieur Kissinger ?

Il n'est pas populaire dans les milieux intellectuels français où on l'assimile à la guerre menée au Vietnam par les Etats-Unis. Je ne vais sûrement pas l'exonérer de ses responsabilités dans cette guerre, mais il est aussi quelqu'un qui sait réfléchir, qui sait écrire, et qui possède une immense culture historique et politique. D'autre part, il est snob comme un phoque, ou disons comme un Juif allemand réfugié à quatorze ans aux Etats-Unis. Il aime le beau monde.

Beaucoup plus déplorable, le Chili. Par ces temps de guerre froide, les Etats-Unis le jugent menaçant si on laisse Allende à sa tête ; pour eux, les communistes n'en feront qu'une bouchée quand ils le décideront. Kissinger, là où il se trouve, au cœur du pouvoir, n'est alors probablement pas étranger à l'entrée en scène du général Pinochet et de l'armée à Santiago.

Je n'ai jamais pensé, pour ma part, que le devoir d'un homme d'Etat est de se comporter comme s'il présidait la Croix-Rouge. Mais enfin, je n'aurais pas recherché la fréquentation de Henry Kissinger si les hasards de la vie ne m'y avaient entraînée. Je ne l'ai pas regretté, parce que l'homme est certainement l'analyste politique le plus fin que je connaisse, et qu'il est de surcroît d'un commerce fort agréable.

Quand les premiers volumes de ses Mémoires ont été publiés en France par Fayard, il a été agacé ici et là par la traduction, et m'a demandé de la revoir. J'étais beaucoup moins qualifiée que les traducteurs, mais je saisissais peut-être mieux certaines subtilités politiques. En tout cas, j'ai fait ce travail sans états d'âme, et même avec plaisir.

Il m'a raconté, mais il ne l'a pas écrit, qu'étant Secrétaire d'Etat c'est-à-dire constamment en voyage, il avait aboli le jet lag, c'est-à-dire la différence d'heure à laquelle le voyageur est soumis quand il change de fuseau horaire.

Kissinger laissait sa montre à l'heure de Washington, et s'y tenait. A ses visiteurs de s'y adapter et d'arriver à ce qui était pour eux quatre heures du matin ou minuit. « C'est comme cela que j'ai survécu », disait-il.

On se demande qui d'autre peut faire ça dans le monde... C'est assez horrible, non ?

Et puis et puis... J'ai des souvenirs d'un tout autre ordre avec Kissinger : le Mundial ! Celui de 1982, en Espagne ! K. est un fanatique du football. Un autre *aficionado* m'accompagnait, son éditeur, Alex Grall, qui était alors l'homme de ma vie. C'est avec lui que K. avait manigancé cette virée espagnole. Cette demi-finale disputée par la France de Platini et l'Allemagne au mieux de sa forme fut le théâtre d'un épisode désastreux : le gardien de but allemand, Schumacher, défonça littéralement de son poing un joueur français, Battiston, qui allait marquer, lui cassant des dents. C'était Verdun ! C'était le Chemin des Dames ! C'était le Boche...

Kissinger ne participa pas aux éructations des spectateurs français, mais il compatit. Le match s'acheva par des tirs au but. Un joueur français dont j'ai oublié le nom rata son coup. C'est lui qui fit perdre le match à la France. On ne l'appela plus que « le traître de Stuttgart », car le malheureux, de surcroît, jouait d'ordinaire dans un club d'outre-Rhin.

Beckenbauer, le joueur allemand, nous rejoignit dans un café de Madrid après le match. Ce soir-là, j'ai entendu refaire toute l'histoire des buts réussis et des penalties manqués au cours des trois derniers Mundial par la France et l'Allemagne.

C'est cela qui est épatant avec le football : ça vous fait des sujets de conversation avec tout le monde !

31.

UN ENFANT DIFFICILE.

Voici mon garçon, Alain, sur mes genoux avec notre chien Tchik. Alain doit avoir cinq ou six ans. Le chien aussi, un grand boxer affectueux qui, comme tous les boxers, se conduit comme un chien de manchon : il se croit petit. Il y a quelque chose de tendre et de paisible dans cette photo que j'aime bien. Elle est si précaire, cette paix...

Comment doit-on faire pour élever des enfants ? Je sais, je sais, de toute façon, ce sera mal, le petit père Freud nous a prévenus. Mais cela vous fait une belle jambe, quand vous êtes en face d'un petit monstre effronté qui vous nargue...

J'ai eu deux enfants, un garçon puis une fille. A peine a-t-il commencé à parler, le garçon, Alain, m'a été un sujet d'angoisse. Né rachitique parce que j'étais sous-alimentée — c'était pendant la guerre —, il refusait de manger, il fallut lui enlever des ganglions... Le fallait-il ? Je ne sais pas. J'ai fait confiance à un chirurgien et un autre m'a dit ensuite que j'avais eu tort, histoire de me culpabiliser un peu plus. Avec une patience infinie, ma mère, qui adorait ce petit bout d'homme, parvenait à le nourrir... Ensuite, elle n'a jamais cessé de veiller sur lui.

Rétrospectivement, je suppose qu'il n'a pas supporté, vers sept ans, l'arrivée d'une petite sœur aussi fêtée à sa naissance qu'il l'avait été peu. Il est devenu carrément insupportable. Tout le monde sait ce qu'est un enfant résolu à se montrer insupportable, à mobiliser l'attention, à solliciter... quoi ? De l'amour, bien sûr, rien de plus facile à dire, à écrire, mais cette sollicitation impérieuse, ingénieuse — que n'inventait-il pas ! — c'est comme si on vous suçait le sang...

Combien de fois ai-je été le chercher à l'école dont il était renvoyé, au commissariat où on l'avait ramassé après qu'il eut fugué, chez un copain dont la mère téléphonait : « Ne vous inquiétez pas, Alain est chez nous... »

Je l'ai inscrit à Saint-Louis-de-Gonzague, le grand collège de jésuites, dont les éducateurs étaient réputés, en me disant : « Eux, peut-être, sauront s'y prendre... Moi, je ne sais plus... » Il y est resté deux ans, mais le malheur a voulu qu'un professeur lui témoigne une affection excessive. Ce que voyant, Alain a dit : « Vous ne seriez pas un peu pédé, vous ? » On imagine la suite.

Mon ultime tentative fut de le mettre en pension à la campagne, dans un collège coté où les garçons faisaient beaucoup de sport. Alain montait bien à cheval... De ce côté-là, au moins, il s'intégrerait. Je venais déjeuner avec lui un dimanche sur deux ; nous étions tristes. A la fin de l'année scolaire, avant la première, le directeur m'avisa qu'il ne pourrait pas garder Alain, sur lequel il portait cependant un jugement très positif — intelligence, sensibilité, rapidité d'esprit —, parce qu'il n'était pas à niveau pour présenter le bac l'année suivante et que l'institution ne se permettait aucun échec.

Cette fois, j'étais accablée. Avec ce collège ruineux, je l'avais cru tiré d'affaire au moins en matière d'études. J'avais mal mené les choses. C'est aux Etats-Unis que j'aurais dû l'envoyer, mais là, vraiment, c'était hors de mes moyens.

J'ai parlé avec lui, en l'un de ces déjeuners du dimanche. Exceptionnellement, il a été gentil, un peu narquois : « Je t'en fais voir, hein ? » — et s'est montré décidé à faire médecine. Donc, à passer une année scolaire au lycée pour présenter le bac. « Ce n'est pas sorcier, tu sais. Je travaillerai... si tu me dis le nom de mon père ! »

Que faire ? Ce père avait une situation relativement importante qu'il avait réintégrée après la guerre, il s'était marié, il avait trois enfants, où était le devoir ? Aujourd'hui, il y a trois pédopsychiatres pour vous dire comment vous conduire dans un tel cas. J'ai dû décider seule. Je lui ai donné le nom de son père. J'ai su que celui-ci s'était bien conduit, et puis j'ai été tenue complètement à l'écart de leur relation qui est devenue, pour le peu que j'en ai su, étroite.

Alain a passé son bachot, a embrayé ensuite sur des études de médecine pendant lesquelles il a loupé un ou deux examens, mais qu'il a, pour finir, menées à bien. Dans le même temps, sa sœur qui avait six ans de moins faisait les mêmes études, sans un échec.

Entre cette sœur-là et cette mère-là, n'a-t-il pas des excuses, mon garçon ? C'est moi qui ai eu tout faux.

Je dois dire — modérément — que j'ai payé cash. Il s'est tué en skiant hors piste à Val-d'Isère.

32.

MAI 58 : DE GAULLE RÉUSSIT SA RENTRÉE.
— LA NOUVELLE VAGUE AUSSI.

Une photo couchés dans le foin, ce qui n'est pas courant... Le foin, ou plutôt le gazon entourant la maison de Brigitte, l'une des sœurs de J.-J., chez qui nous allons parfois pendant le week-end. Brigitte est une toxicomane de la politique, comme son frère. D'ailleurs, elle sera maire de Meulan et sénateur, ce qui est encore très rare à l'époque.

Elle a été une résistante héroïque à seize ans. Très jolie, elle s'est rendue quasi anorexique par peur de prendre cent grammes. Sur la photo, elle est à côté de sa mère, LE personnage de la famille, qui n'en manque pas.

Grande, brune, d'une rare beauté, Denise Servan-Schreiber a le maintien, le port de tête des femmes de sa génération à qui l'on a seriné cinquante fois par jour : « Tiens-toi droite ! » Elle est royale.

La rumeur veut qu'elle ait été sans indulgence, sinon sans bienveillance avec les épouses successives de J.-J. (l'une avant moi, l'autre après moi). Je ne saurais dire pourquoi je n'ai eu avec elle que des rapports affectueux. Elle formait avec son fils aîné un couple candidement incestueux. Ni lui ni elle n'en avaient la moindre conscience, naturellement, mais, à les voir ensemble, c'était saisissant. Des amoureux. Quand J.-J. ne tenait pas la main de sa mère dans la sienne, il y posait de temps en temps un baiser. Elle parlait de lui en disant : « C'est mon édition de luxe... » Aux autres enfants — il y en avait quatre —, d'avaler qu'ils étaient, eux, une édition de poche. Si elle avait eu la moindre idée de ce qu'elle leur faisait avec des conduites de ce genre, cette mère irréprochable, cette femme de devoir, cette chrétienne accomplie se serait flagellée. Mais c'est dans l'innocence totale que la mère et le fils adoré dansaient ensemble, un soir d'anniversaire, émus et ravis.

Si ce week-end de mai 1958 m'est resté en mémoire, c'est parce qu'il était « chaud » : on s'attendait à ce qu'une compagnie de parachutistes débarquent d'Alger sur Paris pour contraindre René Coty, président de la République, à appeler de Gaulle. Toute l'affaire, montée par les réseaux gaullistes et pilotée — de loin — par de Gaulle en tacticien génial, était en train de faire exploser la rue à Alger, où Massu tenait les rênes, et le Parlement, à Paris, où personne ne tenait plus rien. Mais les parachutistes étaient inutiles : Coty avait cédé. La suite ne faisait plus question : de Gaulle revenait aux affaires. Et ce n'était pas un mince événement.

Dîner avec Mitterrand : il est blême, hors de lui : « Il y en a pour vingt ans », dit-il.

Déjeuner chez P.M.F. à quelques-uns. Lucien Rachet, un ami, ancien commissaire de la République, grand gaulliste, grand résistant, se fait annoncer. Il attend une réponse de P.M.F... de Gaulle souhaite le voir. C'est non ! On ne pactise pas avec qui revient dans les fourgons des militaires.

Dîner avec François Mauriac : non à de Gaulle s'il

est rappelé par Massu ! (On sait que, le temps passant, il modifiera sa position.)

Tout cela pour dire qu'à l'époque, les esprits sont accaparés et échauffés. Mais pas toujours par les mêmes sujets... Une fois de Gaulle au pouvoir, chacun en revient à sa marotte, et celle d'un groupe de jeunes gens aussi actifs qu'agressifs, c'est le cinéma. Ils ont des plumes, en particulier celle de François Truffaut, dévastatrices. Il mène une véritable entreprise de démolition du cinéma tel qu'on le tourne en France depuis vingt ans. Les Clouzot, les Duvivier, les Carné se font massacrer avec un brio qui n'est pas gratuit : la critique est constructive.

A bout de souffle éclate comme une grenade. Jean-Luc Godard est né, souverain, inimitable — et tant imité, hélas ! Avec Truffaut, Rohmer, Chabrol, la bande tient bientôt le haut du pavé.

Dans un art encore jeune, elle a opéré une authentique révolution. Cependant, leurs films ne feront jamais autant d'entrées que ceux de leurs prédécesseurs vilipendés, un peu rouillés, peut-être, mais qui savaient raconter une histoire...

La génération suivante ?... Depuis que Godard a cassé la baraque, elle erre, déconnectée de l'essentiel. Le cinéma est un art populaire. C'est parce qu'il ne l'a jamais oublié que le cinéma américain a poursuivi sa lancée universelle, tandis que nous languissions derrière, avec des mines d'esthètes...

Maintenant, le numérique arrive à grands pas, qui va changer toutes les donnes, y compris commerciales. Voilà qui va être amusant à observer...

Mais pourquoi s'obstine-t-on à regrouper les révolutionnaires d'hier sous le label de « nouvelle vague » ? La « nouvelle vague », ce n'est pas eux, du moins à l'origine, c'est le titre d'une grande enquête publiée par *L'Express,* accompagnée d'un sondage géant réalisé par l'IFOP, le premier du genre, et visant à rendre compte de l'état d'esprit des jeunes gens de l'an 1957. L'étonnant, c'est la fortune qu'a connue ce titre, traduit et utilisé dans le monde entier pour qualifier toute nouveauté. En passant, il a gobé le cinéma.

Le plus drôle, en un mot : avec le matériel de l'enquête et l'énorme courrier, d'excellente qualité, que nous avions reçu, j'avais fait un livre. Je l'apportai chez Gallimard parce que j'avais un contrat avec cet éditeur. Un M. Hirsch, vieux collaborateur de la maison, feuilleta le manuscrit et me dit :

« Heu... *La Nouvelle Vague,* c'est un mauvais titre... Vous y tenez ?

— Ah oui ! répondis-je. Absolument !

Il soupira.

— Bon. Alors on mettra un sous-titre... »

33.

JE DEMANDE À VALÉRY GISCARD D'ESTAING,
CANDIDAT A LA PRÉSIDENCE DE LA RÉPUBLIQUE,
DE ME DIRE LE PRIX D'UN TICKET DE MÉTRO.

Cette photo, avec Giscard, est antérieure à la période du gouvernement. Nous sommes à je ne sais quel colloque... Relations courtoises, sans signification. Je le connais peu lorsque, fraîchement élu, il me reçoit chez lui.

Quelques jours avant l'élection présidentielle, RTL a organisé une table ronde de journalistes ; nous sommes six ou sept, chargés d'interroger le candidat. Les questions fusent. Il est excellent. Je lui demande : « Pouvez-vous me dire le prix du ticket de métro ? » Là, la superbe mécanique a comme un raté. Je l'ai mis, une seconde, dans l'embarras.

Ce ticket de métro deviendra le classique de la bonne question posée à la bonne personne dans une circonstance donnée. On me le resservira vingt fois.

A l'orée de son septennat, Giscard est dans une forme éblouissante. Intellectuellement, il maîtrise complètement son projet : la réforme. Un mot qui n'a pas encore traîné partout et qui exprime bien son ambition dans tous les secteurs d'une société dont il ressent de façon aiguë l'inadaptation aux temps qui s'annoncent.

Giscard ne m'a jamais émerveillée parce qu'il peut parler deux heures sans notes, alors que Jacques Chirac ne saurait improviser dix lignes. Cela ne dit rien de quelqu'un. Si Giscard est remarquable, c'est par sa vision, sa capacité d'anticiper l'avenir, d'en saisir les prémices encore informes. L'Europe, il a compris tout de suite ; le poids que prendraient les nouvelles techniques de communication, la révolution des femmes, il en a saisi aussitôt le caractère irrévocable et universel. C'est en tout cas ce par quoi il m'a convaincue sans difficulté de travailler avec lui. Cependant, pour qu'il n'y ait pas de malentendu, je lui ai rappelé que j'avais appelé à voter pour François Mitterrand et que, le cas échéant, cela pouvait se renouveler !

Cette situation n'était pas sans ambiguïté, bien entendu : on ne peut pas feindre d'être innocent de l'action d'un gouvernement auquel on appartient. Mais, pendant les trente mois et quelques où j'aurais pu être tiraillée, je n'ai pas eu à l'être ; les conflits n'étaient pas entre droite et gauche, entre conservateurs et réformistes, entre majorité et opposition ; ils étaient entre le président de la République et son Premier ministre, cornaqué par l'ineffable Marie-France Garaud.

J'ai raconté quelques épisodes vécus de cette guerre dans *La Comédie du pouvoir*, il y a plus de vingt ans. Le conseiller le plus proche de Giscard m'a dit : « Le Président n'aime pas votre livre. » J'en ai été attristée, et aussi étonnée. Il y était traité sans révérence, mais avec une sympathie manifeste, et le livre en question ne contenait, cela va de soi, aucune révélation, aucun petit ou grand secret concernant des personnes. Ce que j'ai tenté d'y décrire, c'est ce que j'avais pu voir du pouvoir d'Etat, comment fonctionne cette sorte de Cité interdite à la chinoise que nul ne peut prétendre connaître s'il n'en a pas pénétré les entrailles, s'il ne connaît pas le code dans lequel on s'y exprime.

En réfléchissant, j'ai compris mon crime aux yeux de Giscard : il se nomme *désacralisation*. Il n'était pas prémédité, mais je l'assume : j'ai contribué à la désacralisation du pouvoir d'Etat.

C'est une question grave de savoir jusqu'où on peut aller quand on écrit. Je ne suis pas une enragée de la vérité avec majuscule. Je sais, comme Renan, qu'elle est souvent triste et surtout qu'elle a, comme les oignons, dix-sept pelures. En tout cas, chaque être humain, du plus humble au plus illustre, a droit à sa part d'ombre.

Mais des affaires récentes — Bill Clinton, Helmut Kohl, Roland Dumas, la Mairie de Paris... — ont montré qu'en médiatocratie, surtout dans des pays où les gens sont alphabétisés depuis plusieurs générations, il n'y a plus de secret qui tienne ni s'agissant du roi, ni de la Cour, ni de la basse-cour.

Alors oui, la désacralisation du pouvoir l'a fragilisé peu à peu en le privant de son opacité. Combien de puissants restent respectables si on les voit nus ?... Une règle prévaut donc dans les allées du pouvoir à propos de toute affaire sensible : « Il ne faut pas le dire. »

Cependant, l'exigence de « transparence », comme on dit aujourd'hui, est de plus en plus agressive de la part des gouvernés, et parfois dévastatrice. De transparence et d'intégrité.

La petite histoire suivante ne dévoile aucun scandale à proprement parler, seulement une affaire de... méthode !

Chaque mois, le chef du cabinet de chaque ministre passe chercher à Matignon un petit paquet de billets soustraits aux fonds secrets. La somme varie selon l'importance du ministère. Elle est appréciable. Le ministre désigne lui-même ceux qui, à son cabinet, bénéficieront d'une prime, en quelque sorte. Ce sont les plus précieux — on s'arrache les « bons » —, les plus surchargés de travail, et quelquefois un peu tout le monde au gré du ministre. Lui-même se garde quelque menue monnaie pour ses faux frais. Il arrive qu'il garde tout. C'est rare et très mal vu.

Pourquoi ce système baroque ? Il a été mis en place par je ne sais qui, il y a longtemps, parce que la loi interdit que l'on verse une rétribution supplémentaire, non codifiée dans son statut, à un fonctionnaire. Alors s'est créée cette situation piquante qui veut que le ministre reçoive de l'« argent noir » pour enfreindre la loi en le versant à des salariés qui doivent se garder d'en faire état dans leur déclaration de revenus !

Il y a tout, là-dedans ! Pas de franche malhonnêteté, mais de la combine, de la débrouille, le caprice du Prince qui décide quels serviteurs seront favorisés, enfin la loi du silence...

Donc, ces choses-là furent écrites et publiées à 250 000 exemplaires en 1978. A ma connaissance, le système perdure. Mais la désacralisation chemine.

Dans les pays du Nord, c'est fait depuis longtemps. Tout de même, on s'est gardé un roi, une famille royale dont le seul pouvoir est symbolique, mais important : elle incarne la nation et ses vertus morales. L'Espagne aussi a un roi qui joue ce rôle. En Grande-Bretagne, mère de la démocratie, le système résiste à toutes les turpitudes.

Le modèle français est unique, tous siècles entassés : autant de strates qui se sont déposées et parfois mélangées çà et là plus ou moins heureusement... Une chose est sûre : du côté du symbolique, nous sommes orphelins.

34.

ALEX GRALL MON PROFESSEUR DE BONHEUR.

Cette construction dans laquelle je me suis laissé entraîner, cette mer de photos où j'avance à l'aveuglette, ces courants qui m'emportent sans égards pour la chronologie, au gré d'associations d'idées, s'apparentent un peu au discours que l'on tient chez un ou une psychanalyste. Non guidé, non contraint, non élaboré, vous surprenant parfois vous-même...

Je ne sais vers quoi je vais en vidant l'enveloppe de photos sur laquelle j'ai griffonné un prénom : *Alex*.

On mesurera l'influence que j'ai eue sur cet homme si je dis que, devant une coupe de cheveux qui le faisait ressembler à un colonel de l'armée des Indes, j'ai obtenu qu'il change de coiffeur ! Et qu'il patiente, le temps d'une repousse, pour qu'un coiffeur de mon choix le traite.

Faire changer de coiffeur à un homme est plus difficile que de le faire changer de femme.

Mais, après, il a été très content. Après. Le colonel anglais s'était mué en prix Nobel de physique ; ses amies lui faisaient compliment, j'étais fière de moi, et de lui, d'ailleurs. On aime toujours ce que l'on change chez les autres.

Quand je l'ai connu, il n'était plus un jeune

homme, il émergeait d'un deuil cruel — une jeune femme emportée par la maladie, laissant trois enfants —, et il ne m'intéressait pas du tout, en dépit d'une évidente séduction. Où cela se niche, la séduction, allez savoir...

Ce qui m'a plu chez lui, la première fois que je l'ai observé un peu attentivement, ç'a été sa démarche. Grand, bien vêtu, il avait une élégance naturelle de seigneur. Moi, je n'ai jamais su marcher, alors cela me fascine. Néanmoins, je n'étais pas disposée à aliéner si vite ma liberté à un homme. Mais on dit ça, et puis...

J'en finissais avec Lacan, j'étais devenue une autre personne dont j'avais fait lentement la connaissance, j'exagérerais en disant que j'avais évacué quarante ans de culpabilité pour m'autoriser le plaisir de vivre, mais c'est bien cela qui allait m'arriver, maintenant que j'avais appris qui j'étais, et pourquoi.

Il ne faut pas croire que l'on est forcément heureux d'apprendre ces choses-là. Quand tout va bien, pourquoi troubler un équilibre, d'où qu'il vienne ? Mais, quand le mal d'être vous suffoque, cela aide, cela aide énormément !

Donc, j'ai confié à Alex, puisqu'il était demandeur, la tâche de faire du bonheur avec moi. Il s'en est acquitté pendant vingt ans. Vingt ans...

J'y ai mis pour ma part tout le soin que je pouvais, mais le mérite lui revient... Il avait le don. Quelle patience avec moi, si facilement insupportable avec le nez dans mes papiers, refusant d'habiter avec lui... J'ai peur de la vie commune : besoin de solitude, quelquefois. Il admet, ne me harcèle pas... Il est éditeur, toujours en train de lire un manuscrit, et il comprend — ce qui est rare — l'angoisse particulière à ceux qui font métier d'écrire, cet air ahuri qu'ils ont de temps en temps.

Il a fait refleurir le goût de la vie que la culpabilité avait atrophié chez moi, et le droit aux plaisirs simples ou subtils ; il m'a ouvert la porte sur la peinture contemporaine, que je ne connaissais pas, dont il était un amateur fanatique, et sur le football, ce qui n'est pas mal non plus. Il m'a donné de surcroît — mais peut-être faut-il dire d'abord — la sécurité affective.

Par profession, il connaissait tout le monde à Paris, à New York, à Londres, à Francfort, foire cathédrale de l'édition internationale. A Londres il achetait son linge, ses chaussettes, comme tout bon connaisseur, et prenait ses rendez-vous de travail de façon à être présent le jour d'un grand match. Un bon ami anglais éditeur présidait un club de football (Arsenal, je crois) où il le recevait dans un bijou de salle à manger tout en acajou. Ils déjeunaient là tous les deux, allumaient leur cigare, et soudain les portes glissaient, découvrant le terrain où entraient les joueurs... Il adorait.

Partout il courait les galeries d'art, les ateliers. J'ai connu grâce à lui quelques artistes magnifiques, Soulages, Alechinsky, Dado, d'autres... On se retrouvait souvent chez une amie commune, Joyce Mansour, poète, somptueuse Egyptienne qui avait fait tourner la tête à plus d'un parmi les surréalistes. Originale, intelligente, chez elle, on s'amusait.

Soulages, le maître du noir, m'a donné une litho que je garde précieusement. Il n'était pas encore le peintre français le plus coté, salué même aux Etats-Unis, quand j'ai essayé de faire acheter une de ses toiles par un collectif de gens très bien, des amis de Marcel Bleustein (le père de Publicis) qui voulaient lui faire un beau cadeau pour le remercier d'un voyage en Asie organisé à leur intention. Une somme coquette avait été réunie et je devais me charger du choix. Quand ils ont vu le Soulages — qui était somptueux —, j'ai cru qu'ils allaient me lapider. Cris d'horreur ! Je me suis repliée sur un dessin de Picasso qui était dans nos prix et qui suscita ce commentaire :

« Je ne le mettrais pas dans ma chambre à coucher, mais Picasso, c'est comme Chanel, on est sûr de faire plaisir... »

C'est ainsi que Pierre Soulages n'est pas entré dans la collection de Marcel Bleustein.

Alex était très fâché :

— Encore heureux qu'ils n'aient pas préféré un Buffet, me dit-il.

— J'aurais refusé... Mais ils ne se déshonorent pas en choisissant Picasso, tout de même, tu exagères !

La peinture était son oxygène. Elle l'a habité jusqu'à ses derniers jours. Sa dernière sortie a été pour aller à la FIAC acheter une immense toile de Louis Cane dont il avait envie. Il aura pu la regarder pendant huit jours.

J'ai raconté ailleurs (dans *Arthur ou le Bonheur de vivre*) les conditions particulières de sa mort, à soixante-treize ans, à la suite d'un cancer de la gorge. Il fumait beaucoup le cigare. Trop, sans doute. Il a subi la maladie et les traitements qu'elle exige avec dignité. Quand on lui disait : « Comme vous êtes courageux ! » il répondait : « Qu'est-ce que vous voulez que je fasse ? Que je me roule par terre ? » Il ne sortait plus guère, relisait beaucoup, regardait sa collection de catalogues, attendait le soir pour dîner avec moi, c'est-à-dire manger l'espèce de bouillie que je lui préparais moi-même, il y tenait. Nous parlions beaucoup, librement, sans feindre d'ignorer qu'il était en sursis.

« Il faut bien mourir de quelque chose », disions-nous.

Je lui ai promis à deux reprises que ce ne serait pas d'étouffement. Cela, il en avait une peur panique.

J'ai dû aller quelques jours en Chine. Cela m'ennuyait de le quitter. Il a dit :

« Vas-y. Je suis encore là pour un peu de temps. »

Il me racontait des épisodes quelquefois savoureux de sa vie : cinquième enfant d'un postier breton handicapé à vie par un accident, instituteur dans le Gard, décrochant une bourse pour les Etats-Unis, professeur à l'université McGill, devenu complètement bilingue, rentrant en 1939 pour faire la guerre en France, se retrouvant dans la nature en mai 1940 avec son unité... Ici se situe une scène digne de Fellini. Les hommes errent et pénètrent dans une sorte de hangar garni d'étagères et de tiroirs. Ils explorent : ce sont des stocks de photos pornographiques. Ils s'en mettent plein les poches, quand les Allemands les cernent et les arrêtent. Les voilà prisonniers, fouillés. Un officier allemand, écœuré, dit à ses hommes : « Voilà ce que c'est, les Français... »

« La honte, commentait Alex en y repensant, l'humiliation jusqu'à l'os... »

Il a naturellement essayé de s'évader de son stalag et il a naturellement réussi — la seconde fois.

Dans un autre genre, la suite est tout aussi pittoresque. Jusqu'à ce qu'il se retrouve dans le circuit de l'édition où l'expérience des Etats-Unis lui donne quelques longueurs d'avance... Mais je ne peux pas m'embarquer ici dans un nouveau livre ! Quand il évoquait le passé, ce qu'il faisait souvent car il aimait sa vie, il y avait toujours une femme dont on aurait dit qu'il avait encore le goût des lèvres sur les siennes.

J'aimais sa gratitude envers l'amoureuse un peu plus âgée que lui, qui lui avait retiré des mains Henry Bordeaux et Pierre Benoit pour l'abonner à *La Nouvelle Revue française,* et lui avait ainsi ouvert un boulevard dans le ciel.

J'aimais qu'une vieille dame du gratin new-yorkais, devenue grand-mère, continue à lui écrire régulièrement, quarante ans après leur séparation... C'était l'anti-Don Juan : un amant qui semait le regret quand il partait, non l'amertume.

Sa gorge s'est encombrée de tumeurs. Il s'est étouffé chaque jour un peu plus. Alarmé : « Tu m'as promis que je ne mourrais pas étouffé, tu m'as promis... » J'ai tenu ma promesse quand elle s'est imposée. Il l'aurait fait pour moi. J'ai beaucoup réfléchi, évidemment, sur ce que cela signifie de prendre un tel engagement et de le respecter. Permettre de se suicider au malade qui le demande, ce n'est pas simple.

Combien j'aurais préféré que mon cher professeur de bonheur ait eu plutôt à l'honorer à mon égard !... Mais Arthur, mon ange gardien, s'obstine à retenir mes pieds quand ils glissent sur l'escalier, les voitures quand je les frôle, à mettre en suspens la crise d'urémie, l'arrêt cardiaque, je ne sais quoi encore par quoi on accède à la paix éternelle dont je n'aurai pas de trop pour me reposer d'en avoir tant fait...

Ho ! Arthur, tu m'entends ?... Mais je n'ai aucune autorité sur lui...

Je reprends :

Les enfants d'Alex, qui sont maintenant adultes mais vivent toujours avec lui dans un appartement immense où règne un bordel sympathique, ces enfants sont d'abord heurtés par la perspective d'un « suicide assisté » au sujet de quoi je les ai consultés, bien sûr. Ils ne peuvent plus parler avec lui. Une trachéotomie, devenue indispensable pour qu'il respire, lui a enlevé la voix. Il écrit. Le plus jeune des enfants se révolte...

Tout cela est lourd à porter, d'autant que, quelques jours plus tôt, Alex m'a dit : « Il faut que je te confie un secret : H. n'est pas mon fils. Son père est médecin. Fais de cela ce que tu voudras... »

Nous avons décidé, avec ses frère et sœur, qu'il fallait dire la vérité au garçon, et qu'eux-mêmes devaient s'en charger. Ils en avaient d'ailleurs un vague soupçon. Et il s'est passé ceci d'extraordinaire : H. ne disposait alors d'aucun indice. Sauf : un médecin. Entre le matin et le soir, courant partout, il a réussi à découvrir de quel médecin il s'agissait, son nom, son adresse, et à se présenter chez lui en disant : « Monsieur, je suis votre fils... » Et là, il y a eu de part et d'autre une idylle, une joie, un vrai bonheur, mais qui venaient bien tard. H. est mort quelques mois après ces retrouvailles, du sida. J'avais subodoré qu'il se droguait.

Toute cette histoire ne m'a pas laissée indemne, comme on peut penser, et il m'en reste un remords. J'aurais dû me soucier beaucoup plus tôt de ce garçon au visage d'ange, sans mère ni père, en somme. Au lieu de quoi, je me suis protégée. Je n'ai jamais pris ma part des problèmes qu'Alex rencontrait avec ses enfants — ni plus ni moins que n'importe qui, au demeurant, et même plutôt moins, car ils étaient affectueux, sensibles, bons élèves, très attachants. — Mais il y avait entre nous une sorte de pacte non dit : nous partagions les émotions, les douceurs, les agréments que nous donnait la vie ; le reste devait demeurer le fardeau de chacun. Nous ne nous retrouvions pas le soir pour échanger nos soucis — je n'ai d'ailleurs jamais parlé des miens à qui que ce soit —, mais pour les oublier. C'est pourquoi nous étions heureux l'un de l'autre.

Est arrivé le matin où il est entré chez moi en disant : « J'ai un cancer de la gorge... » Autre chose a alors commencé. Trois années où je n'ai cessé d'admirer la façon dont il se tenait.

Ensuite... Après sa mort, l'âge m'est d'un coup tombé sur les épaules. Avec Alex, j'étais jeune parce qu'il me voyait telle. Sans lui, je changeais de catégorie. Dans l'ordre de la séduction, je n'étais plus opérationnelle. Honnêtement, pendant plus d'une dizaine d'années encore, jusqu'à ce que je sois vraiment déglinguée, cela ne m'a pas beaucoup gênée. J'ai même goûté souvent la liberté que donne la solitude, alors que la présence d'un homme oisif et tyrannique à domicile, comme il y en a tant, est une plaie. Maintenant, j'ai atteint le point où les plaisirs accessibles sont devenus si rares, la vie des sens si rétrécie, mon visage si ravagé, que, quelquefois, comme au début de ce récit, je me révolte et je hurle...

Ainsi va la vie. Encore dois-je la subir dans des conditions enviables, non seulement entourée d'amitiés vigilantes et discrètes à la fois, mais riche d'un trésor pervers : l'écriture. Pervers parce qu'on croit s'en servir, alors qu'elle se sert de vous pour faire ce qu'elle veut.

Vivre dans les mots, c'est s'exposer, la nuit surtout, à des petites bêtes voraces qui vous dévorent le cerveau. On a travaillé pendant cinq ou six heures sur un article, un livre, on éteint pour dormir, on s'assoupit vaguement, et un paragraphe dont on n'était pas content vous traverse la mémoire. Adieu, le sommeil ! S'installe un état second, les petits mots voraces se précipitent, proposent leurs services... C'est beaucoup mieux, bien sûr, il est même évident qu'ils sonnent beaucoup plus juste... Les bonnes formules fleurissent, l'imagination s'épanouit, tout s'enchaîne, on reprend par le début, les idées jaillissent, on reconstruit dix fois ce que l'on voulait dire, on se le récite, les petits mots s'articulent harmonieusement les uns aux autres... Cela dure une ou deux heures, jusqu'à ce que le sommeil s'impose, compatissant.

Au réveil, il faut quelques instants pour se rappeler l'agitation fertile de la nuit, dont témoignent les draps froissés... Mais les mots goguenards se sont évanouis. Où sont-ils ? Qui donc écrit quand on écrit ?

J'aime les mots comme d'autres aiment les bijoux. J'en voudrais toujours plus, des ronds, des carrés, des longs, des poignées de toutes les couleurs pour pouvoir y plonger la main et y trouver LE mot dont je cherche la musique, la chair, le sens exact...

C'est un grand privilège de savoir un peu se servir des mots. « Solitude » ou « ennui » deviennent alors des termes dénués de signification.

Ecrire un article chaque semaine oblige à être attentif à l'actualité. Lire, regarder, écouter, c'est un réflexe chez les journalistes. Mais quand il devient inutile, quand aucune tâche précise ne le sollicite, il s'émousse. L'article à faire vous rappelle à l'ordre, c'est un aiguillon précieux pour garder les yeux ouverts sur le monde plutôt que sur soi.

Le livre, c'est autre chose... Même quand on écrit avec une relative facilité, en ne reprenant chaque feuillet que trois ou quatre fois dans un premier temps, écrire absorbe une énergie colossale. Ecrire longtemps vous vide. Très rares sont ceux qui peuvent y consacrer plus de cinq heures d'affilée. La récompense : rien de tel pour ne pas voir passer le temps !

Naturellement, le désespoir, lui, demeure à la portée de tous...

Quand je publiais un nouveau livre, je l'envoyais toujours à François Mitterrand. Il m'invitait à prendre un petit déjeuner à l'Elysée, et, entre café et croissant, m'en parlait, montrant qu'il l'avait lu. Il lisait tout.

« Ce que j'aime chez vous, me disait-il, c'est votre écriture. Lisse, lisse... »

Cela me faisait plaisir. Mais j'ai toujours gardé le

sentiment troublant de n'y être pour rien : « Ça »
écrit et j'ignore où « ça » loge.

Nous avions un ami, auquel nous faisions visite
presque tous les dimanches matin. C'était le hêtre
roux du Pré-Catelan, chef-d'œuvre de la nature,
puissant, immense, aux formes si parfaites qu'il
semblait tout entier dessiné, des racines à la dernière de ses feuilles mordorées. Il était entretenu,
bien sûr, la tête taillée par ces merveilleuses
escouades d'artistes qui veillent sur les jardins
publics à Paris.

J'ai eu très peur pour lui lors de la tempête.

Il est bizarre, ce sentiment presque charnel qui
peut vous unir à un arbre... Je l'éprouve aussi avec
un marronnier du Cours-la-Reine, celui qui, le premier, donne des bourgeons au printemps, parce que
des tuyaux d'eau chaude le frôlent. En mars, je vais
toujours voir où il en est, s'il annonce qu'enfin
l'hiver est fini.

La seule chose que j'aie pleurée quand j'ai vendu
ma maison du Midi pour payer mes impôts, la seule
chose, c'est mon figuier. Je m'attache aux arbres,
c'est bête.

« Un jour, je t'achèterai une forêt, me disait Alex
pour me taquiner. Et tu pourras vivre cinquante
histoires d'amour en même temps ! »

Mais il est mort.

Cette maison était très jolie, pas luxueuse mais
très jolie. Je ne l'ai pas regrettée parce que sans
Alex, je n'avais plus le goût d'y aller. Autant c'était
gai de faire le marché ensemble, autant je trouvais
sinistre de le faire seule. Ça me faisait mal. J'ai
laissé passer dix-huit mois en y allant très peu, et
puis je l'ai mise en vente. Et malgré la désapproba-

tion générale de mes amis, je crois que j'ai bien fait, que cette maison avait été la maison du bonheur, qu'elle ne devait pas devenir celle du chagrin.

Je n'ai jamais rencontré les acheteurs. Caroline s'est héroïquement chargée de tout : formalités, notaire, déménagement — bref, les corvées. Quand tout a été terminé, j'ai eu le sentiment d'une véritable délivrance.

Peut-être qu'au fond de moi, je n'aime pas avoir de maison. J'ai le souvenir d'une maison aux environs de Paris où la conjugaison d'une chaudière en panne et d'un gardien ivre mort était courante. Quand ce n'était pas la chaudière, c'était l'électricité. Ou une fuite dans le toit.

Le gardien avait vendu le chien : un boxer nommé James. Du coup, je l'ai mis à la porte. A l'époque, j'ignorais qu'il y avait dans toute la région un gang de gardiens qui organisaient les cambriolages — d'où la nécessité d'avoir des gardiens ! — et qui empêchaient qu'un titulaire pour la place se présente. Ils vous punissaient, en quelque sorte. Ensuite, ils mettaient chez vous qui ils voulaient, à leur botte. Lequel partait un matin avec l'argenterie, à supposer qu'on fasse la folie d'avoir de l'argenterie à la campagne.

Je crois savoir qu'il y a aujourd'hui un gang de gardiens dans le Midi. J'ai des amis qui en ont eu quatorze en deux ans !

Bref, alors qu'à un certain moment de ma vie j'ai rêvé d'une maison à la campagne, mes expériences ont freiné mon enthousiasme. Je dois dire que ma maison du Midi était exceptionnelle. Quelques ennuis avec le système d'arrosage, la machine à laver, la vaisselle gelée, les douches capricieuses — ça n'a pas été beaucoup plus loin.

Mais je ne voudrais décourager personne ! D'ailleurs, c'est impossible. C'est une pulsion très forte et quasi générale qui pousse, autour de quarante ans, à vouloir une maison à soi.

Je voulais être comme les Anglaises qui, dans leur jardin, connaissent le nom de chaque oiseau et de chaque fleur. Je ne sais toujours pas reconnaître le chant du rossignol du chant de l'alouette.

Incorrigiblement parisienne ? D'une certaine manière, oui, je me sens enfant du pavé de Paris et non du bocage normand, par exemple. J'aime Paris énormément, chaque pierre.

Mais, dans une ferme que possédaient mon beau-frère et ma sœur dans l'Aveyron, j'ai entretenu des relations délicieuses avec les bêtes. Les cochons, par exemple. J'avais carrément apprivoisé un cochon rose — un yorkshire — qui venait me réveiller le matin.

J'avais aussi demandé qu'on m'apprenne à traire. C'est un tel miracle, le lait... Et ne parlons pas des chevaux !

Mais je ne sais pas distinguer, en terre, une betterave d'une pomme de terre. Je supporte vaillamment, quand j'y suis confrontée, les sarcasmes de mes amis à ce sujet.

35.

ACTION CONTRE LA FAIM : « ON NE PEUT PLUS DORMIR TRANQUILLE QUAND ON A OUVERT LES YEUX », DIT LE POÈTE.

Ces petits enfants noirs ont l'air convenablement nourris, bien portants... Quand on regarde la photo de près, que voit-on ? Il leur manque une main. Elle a été coupée au-dessus du poignet. Coupée pour leur apprendre à être du bon côté, celui des insurgés, en Sierra Leone.

Ce qui se passe dans ce pays comme dans beaucoup d'autres en Afrique noire est simplement abominable. Le malheur du monde s'est vraiment concentré sur ce continent. Ailleurs, même dans les pires conditions, en Asie, en Amérique latine, on a l'impression qu'il y a un peu de progrès, un peu d'espoir. En Afrique, c'est la désolation. Raison de plus pour y aller !

C'est ce que fait Action contre la faim — ACF — depuis plus de vingt ans maintenant. Et je me moque pas mal de ceux qui jacassent au sujet de l'« humanitaire » qui ne serait plus à la mode. Un enfant qui meurt de faim, pour nous, ce sera toujours à la mode, et nous ferons toujours tout ce qui est possible pour le sauver.

ACF est née lors de l'une des grandes famines qui

ont ravagé l'Afrique. Nous étions une petite, une toute petite poignée de gens indignés par la mollesse des secours internationaux, institutionnels. Bemard-Henri Lévy voulait aller interpeller le pape ! Jacques Attali disait non, non, pas ça ! Bref, nous avons décidé qu'il fallait « faire quelque chose » contre la faim. Le petit groupe a grossi, il s'est donné un président, Alfred Kastler, le prix Nobel, et, sans expérience, quasiment sans argent, sauf le résultat d'un appel lancé sur l'antenne d'Europe 1, nous avons foncé dans le brouillard. Là, c'était vraiment le commando !

Aujourd'hui, après beaucoup de tribulations, ACF est présente avec ses équipes dans trente pays, a arraché à la mort trois cent mille enfants, et fondé sa renommée sur son savoir-faire quand il s'agit de « renutrir » d'urgence, d'enseigner à créer sa propre alimentation, à trouver de l'eau — il y a un spécialiste de l'eau dans toutes nos équipes —, à apprendre à cultiver la terre. On peut faire pousser des tomates au Burkina Faso...

Une famine est parfois artificielle, organisée par des chefs de guerre pour attirer l'aide internationale, provoquer le déplacement de populations indésirables affamées. Des stratégies cyniques, abominables, reposent sur la faim. En portant secours aux victimes, il devient de plus en plus difficile de n'être l'instrument de personne, mais c'est la voie étroite où il faut persévérer, au Kosovo comme en Corée du Nord ou au Burundi.

Du petit groupe initial qui fonda ACF, il ne reste pas grand monde — quelques-uns tout de même : Caroline, Jean-Martin, Xavier, Denis, Marc, Robert... La petite flamme est toujours là. Mais il n'y a pas grand-chose de commun entre la folle entreprise artisanale de nos débuts et l'organisation informatisée qui mobilise trois cents « volontaires » à l'œuvre dans le monde entier.

C'est à eux que passera le flambeau. Quoi qu'ils fassent d'ACF, je suis fière d'avoir contribué à la faire naître et vivre. « On ne peut plus dormir tranquille quand on a ouvert les yeux », dit le poète.

36

MARCUSE, UN HOMME QUI A COMPTÉ, BRIÈVEMENT MAIS FORTEMENT.

Tiens ! Celui-là, je l'avais oublié ! Que fait-il dans mes cartons ? C'est Herbert Marcuse, un nom qui ne dira rien aux moins de quarante ans, mais qui a connu, autour de 1968, une véritable flambée de renommée. C'était le gourou, le nouveau Marx, le prophète des temps nouveaux, ce qui exaspérait Raymond Aron : « Un zozo, disait-il, un zozo ! Comment peut-on s'enticher de ça ? »

Mais les jeunes gens de 68 en étaient bel et bien entichés dans tous les pays où la révolte étudiante flambait. Du coup, cet universitaire allemand naturalisé américain et enseignant de longue date aux Etats-Unis était venu faire un tour en France pour y déguster, à soixante-dix ans, une popularité inconnue de lui jusque-là.

L'étrange est que personne ou presque ne l'avait lu, mais que, néanmoins, ses écrits avaient en quelque sorte « doctriné » leur action.

C'était une figure du moment.

Avec Jacques Bœtsch et Jean-Louis Ferrier, nous sommes allés l'interroger longuement dans le Midi, où il passait quelques jours avec sa femme. Nous avions deux voitures. Dès l'entrée, l'accueil fut frais.

Deux voitures ! Ridicule ! Toute la stupidité de la société d'abondance inspirée de l'Amérique était là, cette société qu'il fallait implacablement détruire...

Nous n'étions pas venus pour bavarder gracieusement, néanmoins son ton nous surprit. Jacques Bœtsch répondit sèchement. Suivit une batterie de questions serrées dont Marcuse se tira, il faut dire, assez mal, prônant l'exemple de Cuba, la baisse de la consommation pour tous, clamant que le communisme aurait très bien pu marcher s'il n'y avait pas eu la concurrence des pays capitalistes...

Cela dura trois bonnes heures. Huit pages dans *L'Express*.

Sa femme est intervenue. Elle était laide et désagréable... Elle mit son grain de sel, le traita comme un petit garçon, engueula tout le monde... Une harpie !

A partir de là, je me sentis pleine d'indulgence pour Herbert Marcuse. Dans ses rêves les plus secrets, il devait attendre une société radicalement différente où l'on pourrait par exemple jeter sa femme par la fenêtre sans ennuis avec la police, alors que dans notre société répressive... Il était obsédé par la répression, qu'il voyait partout, mais nul doute qu'il avait capté quelque chose de l'insurrection latente contre toute autorité ouverte ou sournoise. Il avait prédit et il avait compris.

Ayant appris de sa bouche que l'anarchie est une force progressiste mais qui manque d'organisation (alors ça ne marche pas), que les partis communistes ne sont plus révolutionnaires (alors ça ne marche plus), on attendait de savoir ce qu'il espérait de l'explosion étudiante :

« Une révolution... qui amènerait un progrès.
— Une telle révolution ne reviendrait-elle pas à remplacer une série de contraintes par une autre série de contraintes ?

— C'est évident ! Mais il y a des contraintes pro-gressistes et des contraintes révolutionnaires. »

On ne discute pas avec un vieux marxiste qui nourrit toujours l'utopie d'une société où chacun se priverait volontairement au bénéfice de l'autre. Ce n'est pas le rêve le plus bête que l'on puisse caresser. Mais comment fait-on ?

37.

UNE HISTOIRE À NE PAS CROIRE.

Cette très jolie personne à la toison blonde d'une frisure serrée aurait aujourd'hui plus de soixante ans. Sur la photo que j'ai gardée elle a vingt-cinq, trente ans.

Elle a l'air heureux, dans tout l'éclat de sa beauté, elle vient d'épouser le colonel Passy. André Dewavrin. Ils sont très amoureux. Son prénom : Pascale.

Nous sommes en 1945. Lui, militaire de carrière, a été un résistant de la première heure et de toutes les autres, chef des services secrets à Londres, le fameux BCRA, très proche du général de Gaulle. Son courage est légendaire. Il est l'un des héros du moment. Paris le fête. Dans un visage presque enfantin, il a un œil bleu de glace...

Mon gentil mari s'entend très bien avec lui et avec Pascale qui l'adore. Nous sommes très liés et nous voyons beaucoup.

Un jour, André disparaît. Il a été mis aux arrêts en forteresse. Aucun contact n'est possible. Il n'y a contre lui ni inculpation, ni instruction. Il y a une calomnie. Chef des services secrets qui s'appellent maintenant je ne sais plus comment, il aurait détourné des fonds pour le compte et sur ordre du général de Gaulle.

Qui a monté le complot de la calomnie pour perdre le colonel Passy, je ne suis pas assez sûre de mes informations pour les donner ici. On ne peut pas jouer avec ça. Mais je sais que le gouvernement se soucie beaucoup de cette histoire, que Pascale est allée voir Maurice Schumann revolver à la main pour lui dire : « Si mon mari n'est pas libéré rapidement, je vous tuerai, vous entendez, je vous tuerai. » Il n'a pas mis en doute qu'elle était capable de le faire.

Rappelé en activité, André est condamné à soixante jours de forteresse. Transporté secrètement en situation d'isolement pour qu'il ne puisse pas communiquer. Sanction et isolement sont prolongés de soixante jours. Il entame une grève de la faim larvée parce qu'il croit être empoisonné. Il est en si mauvais état qu'on l'hospitalise au Val de Grâce avant de le libérer. L'« affaire Passy » n'aura jamais de suite judiciaire. Seulement un déchaînement d'injures visant à le discréditer lui et le BCRA...

Quand Pascale peut enfin le voir, à l'hôpital, elle est épouvantée. Aucun homme jeune et bien-portant n'est réduit à cet état par quatre mois de réclusion. Comme il l'a pressenti, il a été empoisonné.

Dès lors elle n'a qu'une idée : l'alimenter elle-même. Elle mobilise ma mère pour que des petits plats adaptés à l'état d'André soient préparés à la maison, elle le fait manger elle-même.

Il est sorti de cette épreuve très ébranlé, et, très monté contre ceux qu'il soupçonnait d'avoir cherché au moins à le salir sinon à l'éliminer purement et simplement. Cet homme puissant et si redouté jusque-là va avoir l'occasion de compter ses amis. Mais de Gaulle, dont il avait toujours été très proche, n'a jamais cessé de le voir ni de lui manifester son estime. Cependant, il ne lui a donné aucune fonction officielle... C'était sa règle. La simple rumeur ne pouvait pas toucher l'un de ses serviteurs. André Dewavrin a toujours eu un pied, je ne sais pas lequel, dans les services secrets, mais il a fait carrière dans l'industrie. Et il en avait comme une mélancolie...

Cet officier de carrière venait de la droite lorsqu'il a rejoint de Gaulle en 1940.

En 1944, quand les femmes ont voté la première fois, j'étais troublée, ma mère votait gaulliste, j'ai demandé à André : « Comment dois-je voter ? » Il m'a répondu : « Socialiste. »

Je puis témoigner que cinquante ans plus tard, il en était toujours là.

CELUI QUI PEUT DIRE :
J'AI FAIT QUELQUE CHOSE DE MA VIE.

Ce bel homme au visage maigre, qui paraît capable d'allumer un incendie avec ses yeux, tout le monde le connaît : c'est Robert Badinter.

Quand je l'ai vu pour la première fois, nous avions cinquante ans de moins. Il n'a pas vraiment changé. C'était chez le préfet de police André Dubois. Drôle de fréquentation, me dira-t-on ! Mais dubois était un préfet excentrique. Il a eu son heure de notoriété en interdisant les avertisseurs, ce qui mériterait une statue. On le disait homosexuel. Je n'en sais rien. Mais, si c'était vrai, je trouvais sympathique qu'un gouvernement confiât un poste aussi sensible à quelqu'un de suspect dans ses mœurs, vulnérable au chantage... Cette belle tolérance était impensable ailleurs qu'en France.

Ce soir-là, nous étions une dizaine, dont Badinter que Dubois me présenta en soufflant :

« Un petit avocat juif très doué, vous verrez. »

Hélas, il fut muet... C'est tout ce dont je me souviens. Un avocat muet, c'est plutôt rare. Mais on pensait déjà, à le regarder, beau, intense, à un morceau de braise.

Depuis, je l'ai revu cent et une fois, il a été mon

avocat, celui de *L'Express*, nous avons été très proches tout au long de cette bataille contre la peine de mort à laquelle il s'était tout entier dédié. Si quelqu'un a jamais cru à ce qu'il faisait, c'est lui.

Je l'ai vu ouvrir ses ailes, en quelque sorte, se décrisper, devenir l'avocat le plus coté de Paris avec Georges Izard. Ils étaient trois jeunes qui montaient : Robert Badinter, Jean-Denis Bredin, et, plus jeune encore, Georges Kiejman. Celui-ci se désolait qu'il n'y eût plus de beaux crimes, de beaux assassinats, de beaux procès d'assises qui vous faisaient en trois jours la réputation d'un avocat. Où étaient Violette Nozière ? Landru ? Georges K., fils de déporté comme Badinter, était — il l'est toujours — un romantique devenu avocat pour défendre la veuve et l'orphelin.

Ses collègues aussi. Mais tous étaient bien obligés de passer le plus clair de leur temps dans des dossiers financiers, lourds et complexes, concernant des conflits qui ne les intéressaient pas fondamentalement.

Eclata l'affaire Patrick Henry en 1977. Un jeune homme. Il avait tué un petit garçon sans motif. Autour du palais de justice de Troyes, la foule hurlait à la mort. Pas elle seulement, d'ailleurs : le pays était révulsé. Les grandes consciences chrétiennes, Jean Lecanuet, Michel Poniatowski, réclamaient elles aussi la mort, la mort pour Patrick Henry...

C'est dans ce climat compréhensible que Robert Badinter commença sa plaidoirie. Il fut comme toujours sobre, laissant l'émotion monter peu à peu, mais ce n'était pas seulement le « métier » qui parlait, c'était quelque chose qu'il portait en lui depuis longtemps et qui lui sortait des tripes. Dans la salle on pleurait, il fut sublime, il n'y a pas d'autre mot.

Patrick Henry sauva sa tête. Il fut condamné à perpétuité.

Dès lors, Robert ne fut plus tout à fait le même homme. Non qu'il tirât orgueil de cette victoire, pas du tout, il en tirait le sentiment dévorant du devoir. Quand il parlait du président de la République (Georges Pompidou) qui lui avait refusé la grâce d'un certain Bontemps, lequel n'était peut-être même pas coupable d'avoir tué, quand il en parlait, c'était à lui qu'on avait coupé la tête ! Guillotiner, représentez-vous bien les choses, disait-il : on prend un homme vivant, et on le coupe en deux !

Il a écrit un livre sur cette abominable cérémonie et m'en a montré un jour les épreuves en disant : « Je n'arrive pas à trouver un titre. » J'ai lu et je lui ai proposé : *L'Exécution*. Il était étonné de n'y avoir pas pensé. Ce sont les mots simples qui font les bons titres.

Ces jours-ci, j'ai reçu son nouveau livre ; il s'appelle *L'Abolition*. Il aura retenu le principe. Un mot suffit quand il est fort.

Le jour venu, il faudra mettre Robert Badinter au Panthéon. Mais j'ai bien peur que, d'ici là, l'Académie française ne le capture...

En vérité, tout cela n'a aucune importance dès lors que l'on peut dire : « J'ai fait quelque chose de ma vie. »

Magiques, les petits garçons...

Voici donc la dernière photo que je tirerai de mon carton, presque vide d'ailleurs, celle que je préfère. Un tendre baiser, une tendre étreinte avec l'un des hommes de ma vie. Il a 7 ans. Il est irrésistible.

Il y a une horde de garçons autour de moi, il n'y a même que des garçons. Pour trouver des filles il faut passer à la génération suivante que je ne vois guère, parce qu'elle ne vit pas à Paris.

Les petits garçons produisent de temps en temps, assez souvent même, des spécimens humains bouleversants et aussi un peu magiques. Généralement, leurs sortilèges s'évanouissent autour de dix, onze ans.

Les petites filles ? Il y en a d'exquises qui sont déjà, à 5 ans, de grandes séductrices mais dans leurs gestes, leurs manières, leurs rires de gorge ce sont des femmes en miniature.

Rien de tel avec les petits garçons. Ce ne sont pas des petits mâles. Même quand ils sont graves, ils ont encore les cheveux doux, des mains potelées, ils n'essayent pas de se calquer sur les hommes, leur univers poétique, leur sens du merveilleux est très développé et disparaît un jour mystérieusement. Ils vous embrassent en vous serrant très fort. Rien n'est plus émouvant et fugitif en même temps qu'un petit garçon.

Celui qui est photographié ici est un homme, aujourd'hui, avec de grands pieds, de grandes mains. Il s'est assez bien débrouillé pour que subsistent sur lui quelques grains de sa magie enfantine. Mais je crains de n'être pas objective.

Voilà. Cette exploration dans mes cartons est terminée, bons et mauvais jours mêlés. On ne peut pas être heureux tout le temps. On peut seulement décrocher sa part de soleil et ne pas oublier de la savourer.

Il y en a pour tout le monde, mais plus ou moins. Quand on est jeune, souvent on se dit : « Qui suis-je et pour quoi faire ? » On découvre l'inégalité fondamentale entre les humains, inégalité d'abord de la case sociale où la naissance vous inscrit, inégalité des dispositions naturelles, et quelquefois on est révolté, ou encore abattu. Ou encore on serre les dents et on dit : « Pourquoi est-ce que je n'aime pas ma vie ? » Une question très grave et très utile quand on en est à se la poser. On peut envoyer tout valser quand on y répond, tout ce qui est si terne, si morne ou si pesant qu'on ne veut plus en entendre parler. On peut même casser sa télévision. Et puis, on commence à se construire, à trouver un sens à sa vie au lieu de la subir, on a des objectifs, des succès, des chagrins, des bosses et des creux, parce que c'est dur de vivre, mais c'est toujours moins dur quand on a l'impression de se gouverner plutôt que d'être l'objet des autres.

C'est l'une des rares certitudes que m'a apportée l'expérience d'une vie : il faut croire, certes, croire en soi.

TABLE